Bremer Bräuche

Hermann Gutmann

Bremer Bräuche

oder:
Was die Franzosen mit Rolands
Geburtstag zu tun haben

EDITION TEMMEN

Die Deutsche Bibliothek verzeichnet diese Publikation in der Deutschen Nationalbibliografie; detaillierte bibliografische Daten sind im Internet über http://dnb.ddb.de abrufbar.

Titelillustration: Peter Fischer

8., aktualisierte Auflage 2013

28209 Bremen - Hohenlohestr. 21
Tel. 0421-34843-0 - Fax 0421-348094
info@edition-temmen.de - www.edition-temmen.de

Herstellung: Edition Temmen

ISBN 978-3-86108-156-2

Inhalt

Kohl- und Pinkelfahrten oder: Als man auf der Schwachhauser Heerstraße noch im Schlick stecken blieb

Schreibfaulen Bremern aus der frühen Geschichte der Stadt ist es zu verdanken, dass es nirgendwo eine zuverlässige Auskunft darüber gibt, wann die Bremer zum ersten Male Kohl und Pinkel gegessen haben.

Wer immer sich mit diesem, aus bremischer Sicht so bedeutsamen Thema beschäftigt, er bleibt auf Vermutungen und vage Andeutungen angewiesen, wie Werner Kloos, der in seinem Buch »Gut Bremisch Essen und Trinken« den Braunkohl als »das Bremer Gemüse schlechthin schon in älterer Zeit« bezeichnet. Oder er hält sich an Hanns Meyer, der in tiefster Resignation niederschrieb: »Seit wann überhaupt Braunkohl mit Pinkel gegessen wird, ist nicht mehr festzustellen.«

Immerhin: Kohl und Pinkel ist, unverrückbar, einer der kulinarischen Höhepunkte der Schaffermahlzeit. Und das seit dem Jahre 1545.

Es soll hier nicht weiter darauf eingegangen werden, wie die Bremer ihren Kohl am liebsten essen, dass sie – aus wohlerwogenen Gründen – fast die einzigen Menschen in der Welt sind, die den Grünkohl als Braunkohl bezeichnen, dass der Name Pinkel nichts Unanständiges darstellt, sondern im Zusammenhang stehen soll mit dem Pinkeldarm des Rindes, in den hinein der Bremer die für seine Pinkelwurst unerlässlichen Bestandteile stopft. Über all diese wichtigen und hochinteressanten Einzelheiten ist in vielen anderen Büchern ausführlich berichtet worden.

In diesem Buch geht es einzig um die alljährlich in den Wintermonaten stattfindenden Kohl- und Pinkel-Fahrten der Bremer, die ja für sich schon eine Originalität sind, die Kohl- und Pinkel-Fahrten, nicht die Bremer.

Die Kohl- und Pinkel-Saison beginnt nach einem ungeschriebenen Gesetz am Buß- und Bettag eines jeden Jahres, in einer Zeit also, da es draußen nieselt, aus dem Radio unentwegt besinnliche Musik tönt und die Gedanken immerzu in traurige Bahnen gelenkt werden – und sei es deswegen, weil der Buß- und Bettag kein Feiertag mehr ist. Ein anständiges Kohl- und Pinkel-Essen dient in dieser die Sinne betrübenden Zeit als körperliche und moralische Aufrichtung. Außerdem hat der Kohl am Buß- und Bettag gerade den ersten kräftigen Frost bekommen. Und den braucht er, wenn er schmecken soll.

Um diese Zeit beginnen auch die ersten Kohl- und Pinkel-Fahrten, die unternommen werden von Nachbarschaften und Clubs, Firmenbelegschaften, Stammtisch-Brüdern und -schwestern, von Freundeskreisen und Familienverbänden, mal die Männer unter sich, mal die Frauen unter sich, mal alle zusammen in bunter Reihe, wie sich's ergibt, oder wie es als Brauch gehalten wird.

Besondere Richtlinien sind nie erlassen worden. Im Allgemeinen lassen sich die Teilnehmer einer Kohlfahrt mit Bahn oder Bus an einen bestimmten Platz bringen, der sich mehrere Kilometer vom eigentlichen Ziel, der Kohl- und Pinkel-Kneipe, entfernt befindet. Und das aus gutem Grund.

Denn vor dem Essen muss gewandert und der Körper auf die ihn erwartende Anstrengung vorbereitet werden. Häufig zieht den Wanderern vorauf ein Drehorgelspieler, und alle paar Hundert Meter wird Halt geboten, denn zu einer winterlichen Wanderung gehört, von Zeit zu Zeit, ein klarer Korn zum Zwecke innerer Erwärmung. Die Kohlwanderer sind für solche Fälle gerüstet: Sie tragen an einem farbigen Band einen Eierbecher um den Hals.

Unter diesen Umständen ist es kein Wunder, dass die Stimmung der Kohlfahrt-Teilnehmer bereits bei der Ankunft in der, von einem Vergnügungsausschuss mit großem Ernst und vollem Verantwortungsbewusstsein ermittelten, Kohl-Kneipe erhebliche Wellen schlägt, die, angesichts der dampfenden Schüsseln, Orkanhöhen annehmen.

Nun ist aber das Kohl- und Pinkel-Essen nicht nur ein Vergnügen. Wer es ernst nimmt, der isst möglichst viel und möglichst lange und scheut nicht den edlen Wettstreit um die Würde des Kohl-Königs. Kurz gesagt: Der Gefräßigste wird König.

Es ist die Aufgabe einer Jury, den König zu ermitteln, was stets mit bedeutungsschweren Mienen geschieht, denn bei Vereins- und Betriebsfahrten, zum Beispiel, ist diese Aufgabe zugleich auch immer eine heikle politische Angelegenheit. Es gibt unter den Kohlfahrt-Teilnehmern stets irgendwelche einflussreichen Leute, die sich – ohne darüber freilich ein Wort zu verlieren – nichts sehnlicher wünschen, als einmal in ihrem Leben Kohl-König zu sein und mit einem Fressorden ausgezeichnet zu werden.

Diese Fressorden bestehen meistens aus einem Unterkiefer vom Rind oder vom Schwein, je nachdem, ob man einen großen oder kleinen Orden wünscht, oder aus einer Kette mit Medaillen, in die für alle Zeiten die Namen der Könige eingraviert worden sind. Es ist einer der wenigen Orden, die ein Bremer annehmen darf.

Um das Ende solcher Kohl- und Pinkel-Fahrten wollen wir – wie es bremische Art ist – den Mantel des Schweigens hüllen. Wichtiger will es uns erscheinen, der Geschichte dieses tief im Volke verwurzelten Brauches auf die Spur zu kommen. Aber damit sieht es trübe aus, denn wann die ersten Kohl- und Pinkel-Fahrten stattgefunden haben, das weiß kein Mensch.

»Touren aufs Land«, so heißt es bei Johann Georg Kohl, seien im 18. Jahrhundert eine große Seltenheit gewesen und erst gegen Ende des Jahrhunderts mühsam in Schwung gekommen. Kohl wusste auch, warum: »Die Wege waren gar zu schlecht, und der Gebrauch der in der Stadt ziemlich zahlreichen Equipagen ging kaum über den Vorstadts- und Neustadtsgraben hinaus.« Und er schreibt in seinem im Jahre 1871 erschienenen Buch »Alte und neue Zeit«:

»Zu einer Vergnügungstour nach den schönen Eichenhainen von Oberneuland – dem jetzt durch seine zahlreichen Landsitze so berühmten Dorfe bei Bremen – wurden, wenn sie ganz ausnahmsweise einmal Statt hatten, so große Zurüstungen gemacht, als ginge es zu einer Reise.«

Schlimm muss es vor allem in Schwachhausen gewesen sein: »Im nächsten Dorfe, Schwachhausen genannt, hatten zwar einmal die Bremer und Hannoveraner mit vereinten Kräften den Weg erhöht. Diese Erhöhung hatte man aber mit der unter der Oberfläche liegenden Moorerde zu Stande gebracht, und dadurch war denn die Straße bei Regenwetter fast ganz unbefahrbar geworden.«

Es deutet aber einiges darauf hin, dass mit dem Beginn des 19. Jahrhunderts auch die Langkohl-Parthien, wie sie genannt wurden, aufkamen. Langkohl deswegen, weil der hochschießende Braunkohl in einem augenfälligen Gegensatz steht zum runden Rot- und Weißkohl.

Adam Storck berichtete im Jahre 1822 von winterlichen Ausflügen in die Umgebung und schreibt: »Eine besonders in unseren Gegenden zahlreich gebaute Gattung braunen Winterkohls, der bei sorgfältiger Kultur eine Höhe von sechs bis sieben Fuß erreicht und völlig gefroren für die schmackhafteste Zubereitung am geeignetsten ist, pflegt mit geräucherten Fleischspeisen aller Art bei diesen ländlichen Winterparthien das Hauptgericht zu bilden.«

Da ist sie also, die Kohl-Fahrt. Und bereits wenige Jahre später, am 12. Januar 1829, wurde in der Gastwirtschaft von Schürmann in Horn das erste Eiswett-Essen eingenommen. Es gab »Vaterländischen Braunkohl mit Zutaten«.

Kohlfahrten ohne Frauen

Also, nehmen wir nun die Frauen mit auf unsere Kohl- und Pinkel-Fahrt? Oder nehmen wir die Frauen nicht mit?

In jedem Jahr wieder diese blöde Frage im Klub. Was soll das denn? Muss man anständige und ordentliche Familienväter immer so in Verlegenheit bringen?

Karl ist das wieder gewesen. Bloß weil er zu Hause Karbid kriegt, wenn er allein loszieht.

»Karl«, sag ich, »wenn du das Thema schon anschneiden musst, dann will ich doch mal eben die Frage stellen, ob wir überhaupt genug Geld in der Kasse haben. Ich wette, wir können uns das gar nicht leisten.«

Und die anderen gucken mich dankbar an.

Und nur der Kassierer hat, wie üblich, nichts begriffen. Der sieht sich, der Esel, in seiner Ehre gekränkt, plustert sich auf und prahlt, Geld sei genug da. Und wenn es danach ginge, dann könnte jeder von uns zwei Frauen mitbringen. Und er hält das noch für 'n Witz.

Ich muss, liebe Leser, wohl mal eben so zwischendurch, ein mögliches Missverständnis ausräumen. Es ist nämlich nicht so, dass ich Kohl und Pinkel grundsätzlich ohne meine Frau esse. Meine Frau und ich machen in der Winterzeit fast jede Woche eine Kohl- und Pinkel-Fahrt. Wir zwei ganz allein. Und meistens mit 'm Fahrrad. Und Sie glauben gar nicht, wie schön das ist.

Aber es gibt auch in meinem Leben Augenblicke, da möchte ich Kohl und Pinkel essen, ohne dass es schon beim dritten Nachschlag heißt: »Hermann, denk an deine Hosen, die morgen alle zu eng sein werden!«

Oder dass mir beim fünften Klaren gesagt wird: »Ich finde betrunkene Männer widerlich. Du nicht auch?«

Ich werf mich also vor meinen Klubkollegen gewaltig in die Brust und halt 'ne Rede. Und ich sag: »Ich bin selbstverständlich auch dafür, meine Herren, dass wir die Frauen mitnehmen. Sie sollen uns auf unserer Kohl- und Pinkel-Fahrt willkommen sein. Aber ich möchte doch etwas zu bedenken geben, was hier heute abend noch gar nicht zur Sprache gekommen ist: Wir können die Frauen ja gar nicht mitnehmen. Die Kneipe ist viel zu klein.«

»Wahrhaftig!«, ruft Karl, der seine Dusseligkeit von eben wieder gutmachen will. »Die Kneipe ist wirklich viel zu klein. Da wird es schon ohne Frauen eng.«

Und die anderen nicken begeistert. Und keiner kommt auf die Idee, dass es auch größere Kneipen gibt, in die wir gehen könnten. Und ich sag nichts. Man muss auch mal was für sich behalten können.

»Damit ist die Sache klar«, sagt der Vorsitzende. »Wir können die Frauen leider nicht mitnehmen. Ich höre keinen Widerspruch. Schluss der Debatte.«

So weit war alles in Ordnung. Aber nun mussten wir das ja noch zu Hause erzählen. Und ich übte unterwegs immerzu ein zerknirschtes Gesicht. Und als ich zu Hause war, da konnte ich das. Ich sagte zu meiner Frau: »Stell dir vor, die Kohl- und Pinkel-Fahrt findet in diesem Jahr wieder ohne Frauen statt. Ich wollte ja, dass die Frauen mitkommen. Du hättest mich mal hören sollen. Ich hab geredet wie 'n Volksredner. Aber die anderen haben dagegen gestimmt, die Schufte.«

Und meine Frau antwortete: »Macht nichts. Ich hätte sowieso nicht gekonnt. Ich bin zu einer Kohl- und Pinkel-Fahrt verabredet. Ohne Männer!«

Von der Bremer Eiswette und einem Schneider, der stets 99 Pfund wiegt

Die Heiligen Drei Könige, Caspar, Melchior und Balthasar, werden in Deutschland vor allem in den katholischen Gegenden verehrt. Dort wird in der Nacht zum 6. Januar mit weißer Kreide »C+M+B« über die Haustüren geschrieben, um dem Hause das Böse fernzuhalten. Kirchlicherseits möchte man die drei Buchstaben gern als »Christus mansionem benedicat« (Christus segne die Wohnung) gedeutet wissen. Aber das Volk hat seine eigenen Vorstellungen.

Mit dem 6. Januar, dem Tag der Heiligen Drei Könige, gehen die rauen Nächte zu Ende, und aufatmend nehmen es die Menschen zur Kenntnis, dass nun auch all der Spuk, der sie während der zwölf Nächte beunruhigt hat, vorüber ist. In Bremen, wo sich die Anhänger der Heiligen Drei Könige seit Reformationstagen in der Minderheit befinden, spielen die drei gekrönten Herren aus dem Morgenlande, von denen einer, nach allgemeiner Ansicht, ein Mohr ist, eine aus dem Brauchtumskalender kaum noch wegzudenkende Rolle. Sie liegt freilich außerhalb ihrer kirchlichen Funktionen.

Am 6. Januar treffen sich die Herren der Eiswettgesellschaft von 1829 mittags um 12 Uhr am Punkendeich zur Eisprobe, die in ihrer Bedeutung gar nicht hoch genug einzuschätzen ist. Denn es geht um die entscheidende Frage, ob die Weser »geiht«

oder »steiht«, ob sie eisfrei und für die Schifffahrt benutzbar oder ob sie zugefroren ist.

Man muss dazu wissen, dass diese Frage in früheren Zeiten von sehr viel größerer Bedeutung war als heute. Bis zur Korrektion der Weser Ende des 19. Jahrhunderts fror die Weser in harten Wintern tatsächlich zu, und man war doch in der Kaufmanns- und Hafenstadt ganz dringend auf einen freien Strom angewiesen. Sie ist dann auch später noch unpassierbar gewesen, und häufig genug behinderten riesige Eisschollen den Schiffsverkehr. Doch so schlimm, dass man mit Pferd und Wagen weserabwärts ziehen und gar ein Feuer auf dem Eis des Stromes abbrennen konnte, ist es nie mehr geworden.

Vor dem ernsten Hintergrund der Sorge um Handel und Wandel hat sich – in fröhlicher Runde – die Eiswett-Gesellschaft gebildet, ein Freundeskreis von Männern, die fast alle in irgendeiner Weise beruflich mit der Schifffahrt zu tun hatten, zumindest aber, als gute Bremer, an einer reibungslosen Abwicklung bremischer Geschäfte interessiert waren.

Die Eiswett-Gesellschaft von 1829 hat sich über die Zeiten hinweg erhalten – obwohl keineswegs fest verankert in Statuten, sondern aus der überlieferten Tradition lebend. Und wenn auch die Bremer – sofern sie nicht dazugehören – nur jenen Teil der Eiswette miterleben, der sich am 6. Januar am Osterdeich in aller Öffentlichkeit abspielt, vom eigentlichen Eiswett-Essen aber ausgeschlossen bleiben, so haben sie doch ihren Spaß daran. Denn es ist ein erfreuliches und farbenprächtiges Schauspiel, das sich ihnen am

Osterdeich bietet und das im Allgemeinen auch verbunden ist mit musikalischen Einlagen.

Eröffnet wird das Spektakel mit dem Auftreten des überaus würdigen Zeremonienmeisters, der einen Stab trägt, das Zeichen seines Amtes, mit dem er sich die für seine Aufgabe erforderliche Ruhe verschafft. Ihm folgen zwei Pagen in Kniehosen, weißen Strümpfen und Schnallenschuhen.

Nach diesem Auftritt geschieht eine ganze Weile gar nichts, denn es entspricht bremischer Lebensart, nur keine Hektik aufkommen zu lassen. Danach tritt, vom Publikum bestaunt, das Präsidium der Eiswette auf. Es sind hoch angesehene Bürger der Stadt, die unter blank gebürsteten Zylindern tiefernst den kommenden Ereignissen entgegenblicken, denn natürlich sind sie sich der Bedeutung dieses Augenblicks bewusst.

Sie stellen sich mit dem Rücken zur Weser auf und erwarten den notarius publicus, der begleitet wird von einem Wundarzt. Beide sind gekleidet nach dem neuesten Stand der Mode des Jahres 1829.

Der notarius publicus ist die zweifellos wichtigste Figur in diesem Spiel, denn von seiner Arbeit hängt das Schicksal der Wettgenossen ab.

Das letzte Wort über die Frage, ob die Weser geiht oder steiht, liegt bei ihm - und somit auch über die Frage, wer das Kohlessen bezahlen muss, zu dem sich die Mitglieder der Eiswette mit Freunden von außerhalb treffen.

Bei diesen Freunden handelt es sich meistens um hohe und höchste Würdenträger aus der Politik und der Wirtschaft, von denen einer, der ranghöchste, stets mit einer bedeutsamen und in ganz Deutschland beachteten Rede hervortritt. Das Essen findet an runden Tischen statt, Symbole der in diesem Spiel so wichtigen Eisschollen.

Aber zurück zu unserer öffentlichen Veranstaltung, die mit dem Auftreten der beiden Herren aus ferner Zeit noch nicht zu Ende ist. Denn unvermittelt lösen sich von der Deichkrone einige würdige und melonenbedeckte Herren und rennen in sehr unwürdiger Weise den Deich hinunter, wobei sie sichtlich Schwierigkeiten mit ihren Melonen haben, denn es handelt sich meistens um geliehene und daher für sie zu große oder zu kleine Exemplare dieser etwas altmodischen Kopfbedeckung. Wer besitzt heute noch so etwas? Sie ist aber in diesem Falle ein unverzichtbarer Bestandteil des Auftritts der betreffenden Herren, bei denen es sich um Novizen handelt, um neu aufzunehmende Eiswett-Mitglieder.

Ihnen folgt ein Schneider, von dem noch die Rede sein wird. Er trägt ein heißes Bügeleisen bei sich. Das Ende des Aufmarsches bilden die Heiligen Drei Könige.

Der Präsident begrüßt die Anwesenden in geziemender Form und fordert den Schneider auf, seines Amtes zu walten. Er muss – einschließlich Bügeleisen – 99 Pfund schwer sein, kein Pfund schwerer, was der medicus publicus, der Wundarzt, mithilfe einer Dezimalwaage festzustellen hat. Die Waage scheint aber ungenau zu sein, denn sie zeigt Jahr für Jahr und unverdrossen 99 Pfund an.

Der notarius publicus übersieht die Diskrepanz zwischen der Gewichtsangabe und der Realität, prüft mit dem Zeigefinger, ob das Bügeleisen heiß ist, und danach wird dem Schneider aufgetragen, den Strom zu überqueren - und zwar zu Fuß. Versinkt er, ist die Weser offen, erreicht er wohlbehalten das andere Ufer, ist die Weser zu. Als Lohn kassiert er eine große Flasche Eiswett-Korn.

Die braucht er aber auch, denn das Risiko einer ungesicherten Weser-Überquerung geht er nicht ein. Er besteigt vielmehr ein in der Nähe wartendes Rettungsboot der Deutschen Gesellschaft zur Rettung Schiffbrüchiger und lässt sich ans linke Weserufer übersetzen. Die Fährleute bekommen den Korn.

Es ist verständlich, dass die ehrenwerte Gesellschaft der Eiswett-Freunde unter diesen Umständen etwas betroffen guckt, denn die Frage, ob zu oder offen, ist nicht beantwortet worden. Der Schneider hat sie geprellt. Es muss also auf andere Weise versucht werden, eine Antwort zu finden.

Das geschieht dadurch, dass sich die seriösen Herren, ernsthafte Kaufleute zumeist und angesehene Juristen, Steine geben lassen und sie ins Wasser werfen. Ein Page hält einen Beutel mit Steinen bereit. Sie sind für diesen Anlass extra blank geputzt.

Versinken die Steine, ist die Weser offen, bleiben sie auf der Wasseroberfläche liegen, ist sie zu. Der notarius publicus prüft das mit großer Gewissenhaftigkeit, und als einmal - wie Karl Löbe in seinem Buch »Eiswette von 1829« erzählt - ein Präsidiumsmitglied sich den Scherz erlaubt hatte, eine als Stein verkleidete unsinkbare Masse ins Wasser zu werfen, wurde diese »Albernheit« mit leichtem und etwas pikiertem Heben der Augenbrauen – einfach übersehen.

Ein Protokoll über die Eisprobe am Punkendeich wird übrigens bei jedem Eiswett-Essen verlesen. Aufgesetzt, für richtig erkannt und unterschrieben wird das Protokoll von den Teilnehmern der Probe im Büro der Wuppesahls, wo man sich seit vielen, vielen Jahren nach der Eisprobe trifft. Auch das gehört mittlerweile zur Tradition, wie auch der Eiskorn, der bei dieser Gelegenheit ausgeschenkt wird.

Das Eiswett-Fest verläuft mit der gebotenen Ernsthaftigkeit, ohne dass aber auf den Spaß verzichtet wird. Sehr eindrucksvoll ist die Aufnahme der Novizen, unter ihnen häufig gestandene und gar nicht mehr so sehr junge Herren. Sie müssen durch ein Spalier brennender Kerzen, die von Mitgliedern gehalten werden und den Lauf der Weser darstellen, mit entsprechenden Armbewegungen weserabwärts schwimmen, um schließlich, und nach mancherlei Umwegen, die Weser ist ein windungsreicher Fluss, die Bühne zu erreichen, wo sie vom Präsidenten begrüßt werden.

Höhepunkt des Festes ist – wie in alten Zeiten – das Kohlessen, das nach altbremischem Rezept zubereitet wird, und ebenso gehört es zu den Bräuchen der Eiswett-Genossen, die ihre Genossenschaft in diesem Falle, und im Hinblick auf das Kohlessen durchaus einleuchtend, von Genießen ableiten, dass sie am Ende des Festes einen Betrag nach ihren Möglichkeiten zugunsten der Deutschen Gesellschaft zur Rettung Schiffbrüchiger spenden.

Vom Schrittschuhlaufen und den Gefahren der Liebe auf dem Eis

Hermann Meier, Klassenlehrer in Emden, schrieb in seinem im Jahre 1868 erschienenen Buch über Ostfriesland: »Sonst ist der Ostfriese der vorsichtigste Mensch. Er bedenkt sich zehnmal, bevor er eine Schaukel, fünfzigmal, bevor er ein Boot, hundertmal, bevor er den Dampfwagen besteigt. Aber auf dem Eise ist er ein Wagehals. Dort entwickelt er eine Kühnheit, die selbst einem Gemsjäger Schrecken einjagen würde.«

Was Hermann Meier über die Ostfriesen zu Papier gebracht hat, das kann ebenso gut für die Bremer gelten, die ja – wie man weiß – mit den Ostfriesen verwandtschaftlich verbunden sind, was schon durch die häufigen Streitigkeiten zwischen ihnen im Mittelalter hinreichend bewiesen ist.

In Bremen ist Eislauf ein alter und gern geübter Brauch, über den schon Adam Storck im Jahre 1822 schreibt: »Daß bei dieser Beschaffenheit der Bremischen Gegenden auch der Winter hier seine eigenthümlichen Reize habe, daß für Schrittschuhlauf und Schlittenfahren die mannigfaltig wechselndsten Gelegenheiten und Vergnügungsörter sich darbieten und benutzt werden, bedarf wohl kaum einer ausdrücklichen Erwähnung.«

Und Heinrich Maas erinnert in seinem Buch »Das Schlittschuhlaufen in Bremen in Vergangenheit und Gegenwart« daran, dass Bremen die einzige Stadt in

Deutschland sei, in der es einen Verein gibt, der sich die Pflege des Tourenlaufens auf Schlittschuhen zur besonderen Aufgabe gemacht hat.

Nun sind die Bremer in der Tat seit vielen Generationen auf dem Eise zu Hause. Die Weser war ihr Revier, ehe sie ausgebaut wurde, korrigiert, um eine allzeit freie Schifffahrt garantieren zu können. Das Eis war auf der Weser manchmal so dick, dass man von Bremen bis nach Dedesdorf laufen konnte, und im Jahre 1845 wurde sogar ein Osterfeuer auf der Weser abgebrannt.

Die großen Reviere der Eisläufer waren aber auch das Blockland, das St. Jürgensland, die Wümmewiesen bis nach Ottersberg, die Hamme, der Hamme-Oste-Kanal bis nach den Ostewiesen bei Bremervörde. Und es ist kein Märchen, dass Bremer in manchen Jahren - und das ist noch gar nicht lange her - bis nach Holland gelaufen sind.

Der frühere Bremer Bürgermeister Spitta erzählt in seinen Lebenserinnerungen, dass das Schlittschuhlaufen in der ersten Hälfte des 19. Jahrhunderts, als seine Mutter ein junges Mädchen war, eine ausschließlich männliche Angelegenheit gewesen sei. Für Mädchen gehörte es sich nicht.

In Spittas Jugendzeit waren die Sitten schon etwas lockerer. Die Mädchen durften. Doch ihre Mütter gingen derweil am Ufer spazieren, um die Sache im Auge zu behalten. Schon Hermann Meier, der bereits zitierte Lehrer aus Emden, hatte ja erkannt, dass es nirgends mehr Liebeshändel gebe als auf dem Eise. Kein Wunder - schrieb er und setzte ein dickes Ausrufungszeichen dahinter.

Er schilderte auch all die Unschicklichkeiten, die sich auf dem Eise ereignen konnten: »Der Jüngling und sein Mädchen bilden ein Paar, sie gehen Hand in Hand, vielleicht verlieren sie sich hier und dort auf einen einsamen Kanal und befinden sich allein. Wenn sie eben ruhen will, muß er sie mit dem Arm aufhalten, er muß ihr die Schlittschuhe an die kleinen Füße an- und abbinden.« Herr Meier verhüllte die Augen!

Und was sagt Bürgermeister Spitta in seinen Erinnerungen dazu? Nun, dass er die damals herrschenden Anstandsgesetze zusammen mit seinem Freund Julius Papendieck und mithilfe des Bürgermeisters Albert Gröning gesprengt habe, was zunächst helles Entsetzen unter den Müttern der Mädchen ausgelöst, sich dann aber, unter dem Einfluss des ehrenwerten Bürgermeisters, zum Freundlichen entwickelt habe. Gröning ging den jungen Damen und Herren mit sportlichem Beispiel voran und machte den weit ins Land hinein und von der mütterlichen Aufsicht fortführenden Eislauf gesellschaftsfähig. Er war übrigens ein leidenschaftlicher Eisläufer, der sich stets als Erster aufs Eis wagte und ziemlich oft eingebrochen sein soll. Bei den Bauern im Blockland ging das Wort: »Nu ward dat Winter, use Landherr hett all inseeten.«

Unser heutiger Landesherr, glaube ich, geht nicht aufs Eis. Aber die Liebe der Bremer zum Eislauf ist ungebrochen. Das wurde mir deutlich, als ich vor einigen Jahren vom Skifahren zurückkehrte und in meinem daheimgebliebenen Bekanntenkreis eine nicht unbeträchtliche Zahl von eingegipsten Armen und Beinen antraf. Bremen war ein richtiger Wintersportort geworden.

Dat Isen – oder die Sache mit den spendablen Senatoren

Einer der letzten Bremer Senatoren, die sich dem alten Brauch des »Isens« noch verpflichtet gefühlt haben, war Bürgermeister Theodor Spitta, der im Jahre 1911 zum Senator gewählt wurde. Er schreibt darüber in seinen Lebenserinnerungen:

»Am Abend des Tages der Senatswahl war in dem jetzt nicht mehr vorhandenen Museumsgebäude am Domshof/Ecke Schüsselkorb, das sogenannte Isen. Es war ein einfaches Essen, bei dem es immer nur Küken-Ragout gab, dazu Rhein- und Moselwein, sowie gewaltige Mengen Zigarren (Zigaretten waren damals noch nicht ›gesellschaftsfähig‹). Geladen waren, nach alter Sitte, grundsätzlich ›die Bürger der Stadt‹. Es kamen regelmäßig der Senat und seine Syndiker, ein erheblicher Teil der Bürgerschaft, die Verwandten und Freunde mit ihren Frauen. Die Zahl war sehr verschieden und schwankte zwischen hundert und mehreren Hundert Teilnehmern.«

Bei Spittas Großvater Arnold Duckwitz, der ebenfalls als bedeutender Bürgermeister in die Geschichte Bremens eingegangen ist und im Jahre 1848 der erste deutsche Handels- und Marineminister war, ging es bei dessen Wahl in den Senat im Jahre 1841 noch sehr viel üppiger zu. Horst Adamietz erzählt in seinem Rathaus-Buch »Herz einer Stadt«, dass der frisch gewählte Senator über tausend Flaschen Wein, 3000 Senatorenkringel (das waren eigens für diesen Zweck hergestellte Backwaren), 159 Pfund Konfekt und am Ende 125 zerbrochene Weingläser habe bezahlen müssen.

Üblich war es beim »Isen«, dass sich die Bürger am Schluss der Veranstaltung - nachdem sie ordentlich satt geworden waren und genug getrunken hatten - von den übrig gebliebenen Köstlichkeiten selbst bedienen und sich die Taschen mit Zigarren und Weinflaschen vollstopfen durften, was auch ungeniert wahrgenommen wurde. Und damit nähern wir uns der Bedeutung des Wortes »Isen«.

In früheren Zeiten, da Bremen noch im Schutze seiner Bastionen und seines Stadtgrabens lag, musste bei starkem Frost das Zufrieren des Wallgrabens verhindert werden. Darum wurden täglich Bürger der Stadt verpflichtet, das Eis mit Äxten, Beilen und Eishaken zu zerschlagen. Sie bekamen zwar kein Geld dafür, doch wurden sie, die zumeist weniger begütert waren, auf Kosten des die Aufsicht führenden Ratsherrn verpflegt. Und es war üblich, mit der Verpflegung nicht zu geizen, sodass sich die Bürger satt essen und obendrein die stets üppigen Reste mit nach Hause nehmen konnten.

So ist das Wort »Isen« von der Bewirtung nach dem Aufeisen des Stadtgrabens auf die Bewirtung nach einer Senatswahl übertragen worden. Und wenn im alten Bremen ein Mann mit unsicheren Schritten und gefüllten Taschen nach Hause wankte, riefen ihm die Gassenjungen nach: »Het iset! Het iset!«

Das Wort ist vergessen. Der Stadtgraben braucht nicht mehr enteist zu werden. Und einem Senator, der heute gewählt wird, nicht mehr auf Lebenszeit, sondern für eine befristete Zeitspanne, wäre es kaum zuzumuten, den Bürgern der Stadt ein Essen zu geben.

Die Schaffermahlzeit – ein Bremer Brauch, zu dem Bremer nicht eingeladen werden

Einmal, es war Mitte der fünfziger Jahre des 20. Jahrhunderts, traf der unvergessene Bremer Bürgermeister Wilhelm Kaisen in Bonn den damaligen Bundespräsidenten Theodor Heuss. Die beiden kamen ins Schnacken, der eine mehr plattdeutsch, der andere schwäbisch, und als sie nach einer Weile - wie üblich in bestem Einvernehmen - auseinandergehen wollten, meinte Wilhelm Kaisen beiläufig: »Na, wir sehn uns denn ja im Februar bei der Schaffermahlzeit.« Und damit war - aus bremischer Sicht - ein ganz großes Malheur passiert.

Denn Theodor Heuss war bereits einmal zu Gast auf der Schaffermahlzeit gewesen, und heilige Tradition ist es, dass niemand mehr als einmal eingeladen werden darf. Wilhelm Kaisen hatte daran natürlich gar nicht gedacht. Obendrein stand es ihm auch gar nicht zu, irgendjemand auf der Welt zur Schaffermahlzeit einzuladen. Das war, und ist, Sache der Schaffer des Hauses Seefahrt. Theodor Heuss wiederum kannte das komplizierte Bremer Protokoll nicht, nahm die Einladung ernst und freute sich schon.

Im Haus Seefahrt soll zunächst, so wurde damals berichtet, eine erhebliche Katastrophenstimmung aufgekommen sein, als die so locker ausgesprochene Einladung des bremischen Staatsoberhauptes bekannt wurde. Sie habe sich erst gelöst, als einer der

Schaffer den rettenden Einfall hatte: Heuss war beim ersten Mal in seiner Eigenschaft als erster Bundespräsident Gast der Schaffer gewesen. Inzwischen war er – nach fünfjähriger Amtszeit – wiedergewählt worden. So luden denn die Verantwortlichen des Hauses Seefahrt den zweiten deutschen Bundespräsidenten ein. Dass der zufällig auch Heuss hieß, mochte vor der Geschichte des Hauses Seefahrt und den ehernen Traditionen dieser bremischen Einrichtung zu rechtfertigen sein.

Auch der Bremer Bürgermeister verdankt es nur den räumlichen Umständen, dass er an der Schaffermahlzeit teilnehmen darf. Das Haus Seefahrt veranstaltete dieses alljährliche Essen früher in eigenen Räumen. Die aber fielen dem Bombenkrieg zum Opfer. Im August 1944 wurde das Haus Seefahrt zerstört. Nach 1945 fanden die Mahlzeiten im Festsaal des Alten Rathauses eine neue Heimat, in der historischen Oberen Halle. Und da gebot es die Höflichkeit, den Bürgermeister, als Hausherrn, einzuladen.

Üblicherweise finden Bremer keinen Zugang zur Schaffermahlzeit, sie mögen noch so hochgestellte Persönlichkeiten sein und große Verdienste um die Stadt erworben haben. Ausgenommen sind eben nur die Mitglieder des Hauses Seefahrt, Kapitäne und Kaufleute, die bereits geschafft haben oder schaffen, das heißt, die das Essen gegeben haben oder geben.

Sie sind aber nicht unter sich. Alte Tradition ist es, dass sie auswärtige Freunde einladen, Staatsmänner und hohe Beamte, Persönlichkeiten aus der Wirtschaft und der Kultur. Die Eingeladenen sehen darin

– zu Recht – eine große Auszeichnung, die jedem – wie eingangs erwähnt – nur einmal im Leben zuteil wird.

Die Reden, die alljährlich auf der Schaffermahlzeit gehalten werden, sind meistens von hoher Qualität. Namentlich die Gästerede, von dem ranghöchsten Gast gehalten, findet starken Widerhall in allen Medien – weit über Bremen hinaus.

Die Schaffermahlzeit, das älteste Brudermahl der Welt, kann bis zum Jahre 1545 zurückverfolgt werden. Damals war es ein Abschiedsessen, bei dem Schiffer und Kaufleute nach der durch den Winter erzwungenen Pause noch einmal miteinander zurate gingen, ehe sie zu neuer Fahrt rüsteten. Gleichzeitig wurde die Zusammenkunft zum Anlass genommen, Rechnung über die Stiftung »Die arme Seefahrt« abzulegen. Diese Stiftung schützte die Mitglieder und ihre Angehörigen vor Not und Armut. Die Schaffermahlzeit findet am zweiten Freitag im Februar statt.

Und mit den Worten »Schaffen, schaffen unnen und boven, unnen und boven schaffen«, wird an diesem zweiten Februar-Freitag nachmittags um drei zu Tisch gebeten. »Schaffen«, das war auf den Segelschiffen der Hinweis darauf, dass das Essen beschafft, dass angerichtet sei, und alle Mann unter und über Deck, »unnen und boven«, wurden zu Tisch gerufen.

Quertafel und drei Längstafeln symbolisieren den Dreizack Neptuns. Der Vorstand des Hauses Seefahrt und die Ehrengäste sitzen an der Quertafel. Die drei kaufmännischen Schaffer, die alle Kosten des Festes zu zahlen haben, sitzen, flankiert von je zwei schaffenden Kapitänen, am Ende der Längstafeln.

Das Gedeck ist sehr einfach. Für jeden Gast gibt es - trotz mehrerer Gänge - nur ein Besteck, wie es auch früher an Bord üblich war. Jeder Gast findet an seinem Platz ein Löschblatt, mit dem er nach jedem Gang Messer und Gabel säubern kann. Ebenfalls liegen dort zwei Tütchen, ein silbernes, darin ist Salz, ein goldenes mit Pfeffer. Silber und Gold weisen darauf hin, wie kostbar Pfeffer und Salz einst waren, schon gar auf den Segelschiffen.

Die Speisenfolge ist stets gleich und für süddeutsche Zungen mitunter schwer zu begreifen. Das Essen beginnt mit einer weißen und einer braunen Suppe. Die weiße ist eine Hühnersuppe, die braune eine Ochsenlenden-Suppe. Darauf folgt Stockfisch mit einer derben, gelben Soße, ein Gang, der ebenso unumstritten wichtiger Bestandteil der Schaffermahlzeit ist wie das dazu gehörige Seefahrtsbier, ein dickliches, malzreiches, würziges Gebräu, das in großen silbernen Pokalen gereicht wird. Mit dem Seefahrtsbier wird der erste Trinkspruch ausgebracht. Die Pokale wandern von Teilnehmer zu Teilnehmer, wobei sich die einander Gegenübersitzenden unter Verbeugungen zutrinken, zweimal mit gekreuztem, einmal mit gerade gehaltenem Pokal.

Nach dem Stockfisch folgen Kohl und Pinkel mit Maronen (im Jahre 1545 gab es in Europa noch keine Kartoffeln), schließlich Kalbsbraten mit gedämpften Äpfeln, Katharinenpflaumen und Selleriesalat, Rigaer Butt, Zunge, Wurst, Käse und Sardellen, ein Fruchtkorb als Dessert und Bremer Kaffee. Begleitet wird das Essen von edlen Weinen, weißen von Mosel und Rhein und roten aus Bordeaux, die vorher in umständlicher Prozedur ausgewählt worden sind. Als Schafferweine kommen sie später in den Handel – Raritäten, mit denen schon manch ein Gastgeber seine Gäste beeindruckt hat. Die Schaffermahlzeit dauert – immer wieder unterbrochen von Reden, unter anderem auf das Vaterland, auf Bremen, auf die Seefahrt im Allgemeinen und im Besonderen – fünf Stunden. Sie endet damit, dass lange Tonpfeifen gereicht und angesteckt und noch bis spät in den Abend hinein anregende Gespräche geführt werden. Auch darf, in neuerer Zeit, nach dem Essen getanzt werden. Die Frauen der Schaffer halten sich in einem Nebenraum, wo sie ebenfalls bewirtet wurden, bereit.

Streng aber wird darauf geachtet, dass die Schaffermahlzeit ein Brudermahl bleibt, ein Herren-Essen, zu dem Frauen keinen Zugang haben, es sei denn, es handelt sich um einen weiblichen Bundeskanzler, der von aufmüpfigen Schaffern eingeladen worden ist.

Oder es sind weibliche Kapitäne.

Eine dieser Damen hat bereits als Mitglied des Hauses Seefahrt an einer Schaffermahlzeit teilgenommen. Die Mitgliedschaft konnte ihr nicht verweigert werden. Sie hatte alle erforderlichen Patente.

Demnächst ist sie als Kapitänsschaffer »dran«.

Im Ratskeller, wo sich die Bremer ganz ungeniert zu wildfremden Leuten an den Tisch setzen

»Dat hört darto«, hieß es bei uns alljährlich zu Beginn des Freimarktes, und dann gingen wir in den Ratskeller. Dort gab's 'ne deftige Schweinshaxe und den dazu passenden Wein, und anschließend zogen wir über den Markt, um noch 'n bisschen Sahneeis und Türkischen Honig hinter Schweinshaxe und Wein herzuschicken.

Irgendwann war's dann vorbei mit dem Freimarkts-Auftakt im Ratskeller. Aber gerade neulich hat meine Frau angeregt, den Brauch doch wieder aufzunehmen. Denn da kann einer über den Ratskeller sagen, was er will. Er ist und bleibt 'n Stück Bremen.

Und es ist ja altbremische Sitte, sich im Ratskeller mit Freunden und Bekannten zu treffen.

Im Ratskeller setzt man sich zu geschäftlichen Gesprächen zusammen, besiegelt Vertragsabschlüsse mit einem edlen Tropfen. Und früher war es üblich, dort unten den Kauf von Häusern und Grundstücken abzuschließen. Dem dabei benötigten Gerichtsschreiber wurde aus diesem Anlass der »Fredewein« spendiert. Es war ein Viertel vom besten Stadtwein.

Es gehört zu den Traditionen bremischer Stammtische, dass sie im Ratskeller tagen, wie ja die allerersten Gäste in dem alten Gewölbe Stammtischbrüder gewesen sind.

Der Bau des Rathauses, der von 1404 bis 1410 dauerte, hatte mit einigen Schwierigkeiten begonnen. Denn es befanden sich auf dem vorgesehenen Bauplatz bereits Häuser, darunter auch das Amtshaus der Lohgerber, die zunächst gar nicht einsehen wollten, warum ausgerechnet sie ihren Treffpunkt dem Rathause opfern sollten, und die dann schließlich doch dazu bereit waren – unter der Bedingung, dass ihnen im Keller des Hauses ein fester Platz für ihre »Morgensprachen« eingeräumt werde. Der Rat der Stadt war einverstanden, und so hockten die Lohgerber am ersten Stammtisch des Ratskellers.

Sie tagten dort, wo sich heute die »Priölken« befinden. Das sind die kleinen Logamenter, wie sie früher hießen, Separees, wie sie der Unkundige bezeichnen könnte. Aber eben das sind sie nicht.

Das Wort Priölken hat seinen Ursprung in dem lateinischen Wort »pratum«, was Wiese heißt, nach bremischem Verständnis aber eine Art Sommerlaube oder freundliches Zimmer ist.

Nach strenger Tradition wird darauf geachtet, dass diese Priölken nicht für zärtliche Zusammenkünfte missbraucht werden. Wer das will, der muss sich auf den Marktplatz setzen. Im Priölken darf er nicht. Und es ist ein ungeschriebenes Gesetz, dass die Türen der Priölken nur geschlossen werden, wenn sich in ihnen mehr als zwei Gäste befinden. Man hält auf Sittsamkeit im altehrwürdigen Keller.

Es ist aber auch das einzige Gasthaus in Bremen, in dem sich Bremer ungeniert zu wildfremden Leuten an den Tisch setzen und mit ihnen einen Schnack anfangen, was ebenfalls sehr ungewöhnlich ist. Der Bremer bleibt im Allgemeinen lieber für sich. Und fremde Leute anzureden, das schickt sich nicht.

Häufig finden im Ratskeller Klassentreffen statt. Pensionierte Kapitäne pflegen sich dort unten zu versammeln, wo wenigstens der Wein fließt, wenn es schon nicht der Amazonas sein kann. Und junge Brautleute laden nach dem Besuch im Standesamt gern ihre Trauzeugen zu einem kleinen Imbiss in den Ratskeller ein.

Zum Essen gibt es Wein, und wenn man will, bekommt man seit einigen Jahren auch Bremer Bier.

Bis zum Beginn des 19. Jahrhunderts standen Wein und Bier gleichberechtigt auf der Getränkekarte des Ratskellers. Danach wurde das Bier aus dem Ratskeller verbannt, und dabei blieb es auch durch das ganze 20. Jahrhundert. Erst das 21. Jahrhundert lässt Bier im Ratskeller wieder zu, wenn auch die alten Bremer ein leichtes Magengrimmen verspüren.

Die Weinkarte des Ratskellers enthält ausschließlich deutsche Weine - sie ist mit über 600 Kreszenzen die größte Karte dieser Art in der Welt. Der Ratskellermeister steht in der Pflicht, aus allen deutschen Weinanbaugebieten möglichst repräsentative Weine zu kaufen und auszuschenken. Winzer rechnen es sich zur Ehre an, den Bremer Ratskeller zu beliefern.

Es versteht sich, dass der Ratskeller auch im politischen Leben der Hansestadt eine Rolle gespielt hat. Nicht von ungefähr ließ sich der Rat eine steile Treppe vom Ratssaal in den Keller bauen, um dort jederzeit neue Kräfte sammeln zu können für wichtige

Beschlüsse. Es wird berichtet, dass die Herren des Rates, wenn sie ganz und gar nicht einig werden konnten, kurzerhand im Ratskeller eingeschlossen wurden. Sie mussten dort bleiben bei Wein und Brot, bis sie eine Lösung ihres Problems zum Wohle der Stadt gefunden hatten. Der ehemalige Bürgermeister Hans Koschnick soll einmal während seiner Amtszeit geäußert haben, dass er nichts dagegen hätte, wenn - zumindest in dieser Hinsicht - in Bremen wieder mittelalterliche Zustände einrissen.

Eine zusätzliche Bedeutung haben Ratskellerweine dadurch erhalten, dass es in der Hansestadt Bremen keine Orden gibt. Bremer Senatoren nehmen eh keine Orden an, weil über ihnen niemand steht, der ihnen einen Orden verleihen könnte. Über einem Bremer Senator steht nur noch der liebe Gott. Und der hat keine Orden zu vergeben. Bremer Bürger, die sich verdient gemacht haben um die Stadt, auch Auswärtige, was gelegentlich vorkommt, werden ebenfalls nicht mit Orden dekoriert. Sie erhalten eine Kiste mit Ratskellerweinen und können anhand der Anzahl der Flaschen und der Qualität ihres Inhalts Überlegungen darüber anstellen, ob es sich um einen Orden 1., 2. oder 3. Klasse handelt.

Es ist noch nie passiert, dass einer diesen Orden zurückgewiesen hat.

Von der Fastnachts-Lust, die typisch bremisch ist

Vielleicht geht es Ihnen genauso wie mir, dass Sie nämlich an einer Ausrede knacken, wenn Sie zu einer Karnevalsgesellschaft eingeladen worden sind und nicht hingehen wollen.

Bei allem Respekt vor den Karnevalisten, ich hab da keine Lust zu, und ich gerate immer wieder in eine mittlere Panik, wenn ich in der Einladung auch noch dazu aufgefordert werde, mich für diese Festlichkeit fantasievoll zu verkleiden.

Ich hab dann mit einem Male überhaupt keine Fantasie mehr, und ich erinnere mich, dass ich schon in meiner Jugend Schwierigkeiten mit dem Karneval hatte.

Meistens zog ich zu Kostümfesten die Steuermanns-Uniform meines Vaters an, wobei mir die Jacke viel zu groß und die Mütze viel zu klein war. Aber das machte mir, bei aller ohnehin vorhandenen Qual, schon gar nichts mehr aus.

Heute schlage ich um alle Karnevalsveranstaltungen immer einen weiten Bogen, womit ich aber nicht verhindern kann, dass mich immer mal wieder eine Einladung zu einem solchen Vergnügen erreicht, was mich dann in die Verlegenheit bringt, mit dem allergrößten Bedauern und unter Hinweis auf bereits länger vorliegende wichtige Termine abzusagen.

Das Schlimme ist aber, dass ich mich in einer solchen Absage nicht einmal auf das Unbremische eines Faschingsfestes zurückziehen kann.

Denn der Fasching, müssen Sie wissen, ist durchaus mit bremischer Lebensart zu vereinbaren, er hat in Bremen eine alte Tradition, deren Ursprung in der katholischen Vergangenheit der Bremer liegt.

Damals wurde Karneval in Bremen, wie überall in der Welt, mit überschäumender Lebensfreude gefeiert. Und das war keineswegs vorbei, nachdem sich die Bremer von der katholischen Glaubenslehre abgewandt hatten und Protestanten geworden waren. Sie dachten nicht daran, auf die Faschingsfreude zu verzichten und sich den Spaß von den neuen geistlichen Herren verderben zu lassen, die – trotz einiger Freizügigkeiten, die sie selbst sich zugebilligt hatten – den Sinnes- und Lebensfreuden des Volkes etwas zugeknöpft gegenüberstanden.

Adam Storck schreibt im Jahre 1822: »Die Faschingslust muß in Bremen, so wie an anderen Orten, sehr fröhlich, und der herrschsüchtigen Geistlichkeit sehr zum Anstoß gewesen seyn. In einer Verordnung des Raths aus dem 17. Jahrhundert heißt es, daß da Christus und Belial nimmer übereinkommen können, hiermit die aus dem Heidenthum herkommenden Larvereien, Saufereien und Zechungen verboten seyen.« Der vom Rat der Stadt genannte Herr Belial ist, wie Sie sich vielleicht von Ihrer Bibellektüre her erinnern werden, der große Menschheitsverderber und damit niemand anders als der Teufel.

Die Bremer scherten sich aber nicht um die tönenden Worte ihres hohen und weisen Rates. Sie feierten unbekümmert weiter ihren Karneval, und noch in der Mitte des 19. Jahrhunderts wurden in Bremen

Fastnachtsbräuche geübt, zu denen die Umzüge der Fuhrleute gehörten, die dabei mit ihren Peitschen knallten.

Ein Fastnachtsgebäck aber hat sich bis in unsere Zeit gehalten. Es sind die Heißwecken, die Hede Weken, auch Hedwigs genannt. Sie wurden früher nur zu Fastnacht gebacken und mit Butter gefüllt und heißer Milch übergossen gegessen.

Sie sehen, dass es einem, der bremischen Bräuchen und Geselligkeitsformen nicht ganz gleichgültig gegenübersteht, unerhört schwer gemacht wird, sich vor einer Karnevalsgesellschaft zu drücken.

Und ich kenne einen angesehenen Firmenchef, Bremer von Geburt, der hat es längst aufgegeben, sich faule Ausreden einfallen zu lassen. Bei dem liegt eine rote Pappnase im Schreibtisch, die setzt er Jahr für Jahr wieder auf, und dann geht er los, Karneval zu feiern. Und das gelingt ihm auch, indem er nämlich den ganzen Abend keine Miene verzieht.

Was ja auch sehr bremisch ist.

Die hohe Ehre, ein Wappenfenster zu verschenken und geschenkt zu bekommen

Am 22. September 1739 erschütterte ein furchtbarer Knall die alte Stadt Bremen. Ein Blitz hatte die »Braut« getroffen, den mächtigen Zwinger auf dem Werder, der als Brückenkopf die Weserbrücke schützte, und hatte das in ihr lagernde Pulver entzündet. Die Folge der fürchterlichen Explosion war, dass überall in Bremen die Scheiben aus den Fenstern flogen.

Eigenartigerweise wurde damit das Ende eines schönen alten Bremer Brauches »besiegelt«, der genau genommen mit der »Braut« gar nichts zu tun gehabt hatte: Es handelte sich um die Sitte, zu besonderen Anlässen Fensterscheiben zu verschenken.

Gewiss, diese Sitte ist nicht urbremisch. Sie kommt vermutlich aus der Heimat der Glasmalerei, aus der Schweiz. Und weit verbreitet in ganz Nord- und Nordwestdeutschland war der Brauch, guten Freunden zum Richtfest sogenannte Fensterbierscheiben mitzubringen. Besonders in Bramsche, im Landkreis Osnabrück, hat sich dieser Brauch noch sehr lange gehalten, und nur am Rande sei vermerkt, dass das Wort Bier in den Fensterbierscheiben nichts anderes sein soll als ein Hinweis auf den festlichen Anlass. Feiern und Bier ist im deutschen Norden immer schon – und sehr viel früher als in Bayern – als etwas fest miteinander Verbundenes betrachtet worden.

Es ist anzunehmen, dass Fensterscheiben in Bremen ebenfalls aus Anlass eines Richtfestes oder eines

Umzuges in ein neues Domizil verschenkt wurden. Ein fertiges Haus braucht keine Fenster. Da wären andere Geschenke - zum Beispiel Wein aus dem Ratskeller, der als Ehrengabe in Bremen ebenfalls eine lange Tradition hat - sinnvoller gewesen. Doch die Fensterschenkung hatte in Bremen eine weit höhere Bedeutung. Wenn der Rat der Stadt ein Fenster verschenkte, das stets ein Wappenfenster war, verziert mit den Wappen der Bürgermeister und Ratsherren, so ehrte er damit nicht nur den Beschenkten, sondern - auch sich selbst.

Von ersten sogenannten Wappenfenstern erfahren wir aus dem Testament des Bürgermeisters Friedrich Wiggers vom 21. März 1416. Damals also wird der Brauch des Fensterschenkens schon gepflegt worden und kein Einzelfall gewesen sein, denn bereits wenige Jahrzehnte später fühlte sich der Rat der Stadt bemüßigt, gegen die übermäßige Fensterschenkerei zu wettern und sie als eine reine Verschwendungssucht anzuklagen.

Es ist im Einzelnen nicht festgehalten worden, wer wen in Bremen mit Wappenfenstern bedacht hat, was häufig wohl auch aus dem eitlen Wunsche heraus geschah, sein Wappen an möglichst vielen Fenstern der Stadt bewundern zu lassen. Mit Ratsfenstern aber wurden im 17. Jahrhundert der Schütting, die Stadtkirchen, der Dom, Staatsgebäude und Pastorenhäuser, das Haus Seefahrt, das Hirtenhaus auf dem Ziegelwerder, die Stadtwaage und der Weinkeller beglückt und geschmückt.

Selbstverständlich - und das war ein Sinn der Wappenfenster - wurden auch Einzelpersonen damit ausgezeichnet, Bürgermeister zum Beispiel, Ratsherren und Elterleute. Und es war schon ein Zeichen für die Entwertung des schönen Brauches, als eines Tages sogar der Scharfrichter sein Haus mit einem Wappenfenster des Rates zieren konnte. Standespersonen jedenfalls sahen etwas Bedenkliches darin, wenn nun schon Kreti und Pleti ein Wappenfenster erhielten, und für sich selbst konnten sie nichts Besonderes mehr darin erkennen, wenn sie mit einem solchen Fenster bedacht wurden.

Es kam hinzu, dass die bunten Fenster die ohnehin düsteren Wohnungen nicht heller werden ließen. Und der Wunsch nach mehr Licht, zumal es das Tageslicht gratis gab, führte zu erheblichen Zweifeln an dem praktischen Sinn der bemalten Scheiben. Da flog die »Braut« im richtigen Augenblick in die Luft.

Die letzten Empfänger von Ratswappenfenstern waren zwei Ratsdiener (1749 und 1750) und zwei einfache Bürger, Henrich Lattenhorn (1757) und Meister Osmers (1758). Danach wollten die Patrizier schon gar nichts mehr von der bunten Fensterlucht wissen. Die allerletzten Wappenfenster des Rates gingen an die Dorfkirchen in Arsten (1774), Kirchhuchting (1788) und Gröpelingen (1794).

In Bremen setzten sich die altbewährten Ehrengaben wieder durch, Bier und Ratskellerweine, Heringe, geräucherte Neunaugen und frische Lachse, lauter Dinge, die dem Sinn der Bremer fürs Praktische sehr entgegenkamen. Bei besonderen Anlässen wurden Silberpokale und Silbergeräte verschenkt. Doch, so schreibt Johann Focke in einem im Bremischen

Jahrbuch von 1896 veröffentlichten Aufsatz über die Sitte der Fensterschenkung in Bremen: »Keine dieser Schenkungsformen ist so anmutig wie die Fensterschenkung, keine darf auch wie sie den Anspruch erheben, als Sitte zu gelten, und merkwürdigerweise ist auch keine bisher so unbeachtet geblieben wie dies von der Fensterschenkung gesagt werden kann.«

Vom Maibock in Bremen und wie sich Herr Beiermann verhalten hätte, wenn er ein germanischer Gott gewesen wäre

»Was ist eigentlich ’n Maibock?«, fragte meine Frau, als wir wieder einmal in größerer Runde am Wümmedeich die Maibock-Saison eröffneten. Und sie fügte hinzu: »’n bißchen unanständig klingt das ja, nich?«

Es war niemand in der Runde, der angesichts des Maibocks in der Lage gewesen wäre, diesen Gedanken meiner Frau nachzuempfinden. Es konnte aber auch niemand auf Anhieb die Frage nach der Herkunft des Maibocks beantworten, wenngleich jeder auf der Stelle von der fundamentalen Bedeutung einer zuverlässigen Antwort darauf überzeugt war.

»Maibock«, sagte ich, »das ist ... «

»Das ist«, fuhr mir ein Angehöriger der jungen Generation in die Parade, »das ist, wenn ich im Mai einen Bock auf ’n Bier hab.«

Aber ich sagte, das sei Quatsch. Denn Bockbier habe es schon gegeben, als die deutsche Sprache noch weit entfernt gewesen sei von so überaus fantasievollen und schmückenden Redewendungen wie »auf etwas ’n Bock haben« oder »Null Bock«.

Und Herr Beiermann nickte dazu und betonte, dass er von solchen Wortschöpfungen sowieso nichts wissen wolle. Er sagte, das Bockbier komme ursprünglich aus München, Punktum!, auch wenn dieses hier, und er wies auf das vor ihm stehende Bier, in Bremen gebraut worden sei.

Das war natürlich etwas leichtfertig von Herrn Beiermann. Aber er wohnt in Lilienthal und kann sich, infolgedessen, gar nicht vorstellen, wie kränkend es für einen Bremer ist, wenn Bremer Bier als in seinen Ursprüngen aus München stammend bezeichnet wird.

Es ist doch allgemein bekannt, dass Bremer Bier schon im Mittelalter überall in der Welt hoch geschätzt wurde, zu einer Zeit, da von München noch gar nicht die Rede war. Man lobte die Bekömmlichkeit und die Würze des Bremer Bieres, und es soll hier nicht auf die merkwürdigen Zusammenhänge eingegangen werden, die zwischen der hoch gepriesenen Würze und des zum Brauen aus der Weser geschöpften Wassers bestanden haben mögen, wobei es sich ja immerhin um jenes Wasser handelte, in das die Bremer ganz unbefangen ihren Unrat fließen ließen und in dem sie ihre Wäsche wuschen.

»Lenk nicht immer ab«, ermahnte mich meine Frau. »Wir wollten die Frage erörtern, woher der Name Bockbier kommt.«

»Vom Ziegenbock«, sagte einer und begann aus dem Schatz seiner Bildung etwas Mythologisches ans Licht zu ziehen. Nämlich, sagte er, der Ziegenbock sei in Germanien zu heidnischen Zeiten ein Opfertier gewesen. Und später habe man statt des Ziegenbocks Bier geopfert, in der festen Überzeugung, den Göttern damit eine besondere Freude zu bereiten.

»Wenn ich ein germanischer Gott gewesen wäre«, warf Herr Beiermann ein, »wäre mir Bier auch lieber gewesen als ein Ziegenbock.« Er bezweifelte aber, ob das des Rätsels Lösung sei.

Ja, und ich meine auch, eher könnte es wohl so gewesen sein, dass die Münchner, nachdem sie den norddeutschen Einbeckern die Kunst des Bierbrauens abgeguckt hatten, in der ersten Zeit anstandshalber vom Einbecker Bier redeten, was sich in ihrer Sprache aber ganz anders anhörte, nämlich Oambocker Bier. Später ließen sie dann ein paar Buchstaben weg. Es wurde ein Bockbier daraus und etwas typisch Münchnerisches. Behaupten die Münchner.

Doch letzte Zweifel an der wahren Herkunft des Namens Maibock konnten an jenem Abend am Wümmedeich nicht ausgeräumt werden, zumal Bockbier in Bayern ursprünglich im März gebraut wurde und wir am Ende sowieso alles durcheinanderbrachten, germanische Götter, Ziegenböcke und prominente Münchner. Einig waren wir uns nur darüber, dass Maibock jedenfalls nichts Unanständiges und der Maibock-Anstich mittlerweile auch ein gern geübter Bremer Brauch geworden sei.

Und darauf haben wir ganz entschieden angestoßen.

Der Spuckstein von Bremen und die Schwierigkeit, ein Kreuz in ein Hakenkreuz zu verwandeln

Der Spuckstein von Bremen spielte in meiner Kindheit in Bremerhaven eine große Rolle, denn mein Großvater, so wurde an Winterabenden immer wieder gern erzählt, habe in seiner Jugend in Bremen keine Gelegenheit ausgelassen, auf diesen Stein zu spucken.

Ich fand das eigentlich recht ungehörig und gar nicht im Einklang stehend mit dem Bilde, das ich mir von meinem Großvater machte, der schon vor meiner Geburt gestorben war. Denn man spuckte doch nicht aus auf offener Straße und vor anderen Leuten.

Aber meine Großmutter erklärte mir daraufhin sogleich, dass das Spucken meines Großvaters einer abscheulichen Untat gegolten habe. Und diese Untat, stell dir vor, habe eine Frau vollbracht, Gesche Gottfried.

Jeder Bremer weiß von Gesche Gottfried, weiß auch von dem Spuckstein. Doch viele Bremer wissen schon nicht mehr, wo sich dieser Stein befindet, denn heute, da jedermann auf der Straße ausspuckt, wo, wie und wann es ihm beliebt, was mich mit Ekel erfüllt, heutzutage gilt es als unzeitgemäß, auf den Gesche-Gottfried-Stein zu spucken.

Ich bin auch der Ansicht, dass man die Frau endlich in Ruhe lassen sollte. Dennoch kann ich es mir nicht verkneifen, ihre Geschichte noch einmal zu erzählen – sie ist schon so oft erzählt worden. Aber sie gehört hierher.

Gesche Margarete Gottfried, geborene Timm, lebte in behaglichen Verhältnissen, in einem ansehnlichen Haus in der Pelzerstraße. Sie galt als rechtschaffen, und Freunde und Nachbarn bezeichneten sie als eine leidgeprüfte Frau, als christlich starke Dulderin, der das Leben übel mitgespielt.

Gesche Gottfried war im Jahre 1785 geboren worden. Mit 21 Jahren wurde sie mit dem Nachbarn Miltenberg verheiratet, der aber ein Grobian war, geschlechtskrank obendrein und ein Säufer, der sein ganzes Vermögen durch die Gurgel schickte.

Die geplagte Frau reagierte in heute durchaus üblicher Weise. Sie ging eigene Wege, lernte einen Freund ihres Mannes kennen, den Weinreisenden Gottfried. Und der nun wurde ihr Geliebter.

Miltenberg stand – wie sich denken lässt – einer engeren Verbindung der beiden Liebesleute im Wege. Da er nicht freiwillig ging, musste nachgeholfen werden. Gesche gab ihm Arsenik, mit dem in Bremen normalerweise Ratten bekämpft wurden. Miltenberg starb.

Und da Gesche nun einmal dabei war, sich auch wohl in der Verfolgung ihres Zieles gestört fühlte durch ihre Verwandten, folgten dem Ehemann Miltenberg bald darauf Gesches Mutter, ihre drei Kinder, ihr Vater und ihr Zwillingsbruder. Anschließend vergiftete sie auch noch ihren Liebhaber, weil der sich nicht entschließen konnte, sie endlich zu heiraten. Er heiratete sie dann doch – aber da lag er schon auf dem Totenbett. Sein Name Gottfried ging in die bremische Kriminal- und in die deutsche Literaturgeschichte ein.

Zehn Jahre lebte Gesche Gottfried als wohltätige, fromme Witwe. Sie galt als angesehene Bürgerin. Die ihr vom Schicksal zugefügten Schläge bildeten häufig das Thema mitleidsvoller Gespräche. Und derweil mischte Gesche schon wieder ihre »Mäusebutter«.

Sieben weitere Familienmitglieder starben eines unnatürlichen Todes – darunter der Verlobte der Gesche, der Modewarenhändler Paul Thomas Zimmermann. Fünfzehn andere Personen bekamen von ihr Gift zu essen, wurden krank, rappelten sich aber wieder auf.

Am 6. März 1828 wurde Gesche Gottfried nach einem misslungenen Mordversuch verhaftet und im Stadthaus neben dem Rathaus eingesperrt. Am 17. September 1830 wurde das Urteil gesprochen: Tod durchs Schwert. Die Hinrichtung fand am 21. April 1831 auf dem Domshof vor 35 000 Zuschauern statt. Der in Spiritus eingelegte Kopf der Delinquentin wurde »zum Vorteil der Taubstummenanstalt« zur Schau gestellt.

Dort aber, wohin der Kopf – nachdem er vom Rumpf getrennt – gerollt und liegen geblieben war, wurde ein Stein ins Pflaster gesetzt, versehen mit einem Kreuz. Es wurde zu einem fleißig geübten Brauch, den Stein im Vorübergehen zu bespucken.

In der Nacht zum 22. April 1931 war der Stein Objekt einer politischen Demonstration. Der Sattler Johann Wiele nahm eine Anregung des SPD-Bürgerschaftsabgeordneten Alfred Faust auf und versuchte, das Kreuz auf dem Spuckstein in ein Hakenkreuz zu verwandeln, um die »NSDAP zu ärgern« und den »Marktfrauen und Lyzeumsschülerinnen« die Möglichkeit zu geben, ein »frisches Hakenkreuz zu bespeien«. Wiele scheiterte an dem harten Basaltstein. Außerdem wurde er von einem Schutzmann auf frischer Tat ertappt. Acht Reichsbanner-Leute, darunter Gustav Slupinski, hatten in den folgenden beiden Nächten mehr Glück.

Wiele und Alfred Faust wurden später, nachdem die Nationalsozialisten die Macht ergriffen hatten, ins Konzentrationslager gesteckt. Sie haben beide überlebt. Alfred Faust wirkte unter Bürgermeister Wilhelm Kaisen als Pressesprecher des Senats.

Der Spuckstein aber wurde kurz nach dem Attentat ins Focke-Museum gebracht. Im Jahre 1935 ließ die Baubehörde das Original wieder an der alten Stelle einsetzen, nachdem die Oberfläche abgemeißelt und mit einem neuen Kreuz versehen worden war.

Das Schicksal der Gesche Gottfried hat die Menschen immer wieder bewegt. Herbert Schwarzwälder schreibt in seiner »Geschichte der Freien Hansestadt Bremen, Teil II«: »Die Motive (der Gesche Gottfried) sind nie recht ergründet worden. Habgier, Eitelkeit, sexuelle Selbstsucht und eine unvorstellbare Gefühlskälte den Mitmenschen gegenüber mischten sich in ihr.« Der Filmemacher Rainer Werner Faßbinder schilderte sie in seinem Schauspiel »Bremer Freiheit« von 1972 als ein Opfer der Umstände in einer von Männern beherrschten Welt. Auch wird sie als

Vorkämpferin und Heldin der Frauenemanzipation gesehen.

Der 20 mal 25 Zentimeter große Spuckstein befindet sich, 18 Meter vom Brauttor des Domes entfernt, zwischen den Pflastersteinen am Domshof.

Von der Kälberverlosung und warum ein Spielcasino in Bremen nicht unbedingt ein Werk des Teufels ist

»Nein«, sagte der Bremer Kaufmann, ein hoch angesehener Herr, und donnerte mit der Faust auf den Tisch, was ihn beträfe, so könne er ein Spielcasino nur als Teufelswerk verdammen - und damit Punkt. Und es fehlte nicht an Zuhörern, die beifällig nickten. Sie hielten ein Spielcasino in der Böttcherstraße für - wenn das Wort in diesem Zusammenhang einmal gestattet sei - reine Blasphemie. Was wohl hätte der alte Roselius dazu gesagt?

Wir können ihn nicht mehr fragen. Ludwig Roselius, der den koffeinfreien Kaffee entwickelte und die Böttcherstraße schuf, ist im Jahre 1943 gestorben.

Mit dem Spielcasino, das inzwischen aus der Böttcherstraße weggezogen, aber in Bremen geblieben ist, wird im Grunde genommen, nichts weiter fortgesetzt als eine bremische Tradition, mit der das Anrüchige des Glücksspiels aufgehoben wird durch einen guten Zweck, der ja stets - wie jedermann weiß - und bei viel schwerwiegenderen Anlässen die Mittel heiligt. Ein Teil der Abgaben des Bremer Spielcasinos fließt in die Stiftung Wohnliche Stadt, wo er zum allgemeinen Wohlbehagen der Bürger beitragen soll.

Die Freude am Glücksspiel ist keine typisch bremische Angelegenheit. Sie ist wohl mehr menschlich. Und Wilhelm Lührs hat in seinem Buch »Geschichten des Glücksspiels in Bremen« nachgewiesen, dass den Bremern auch in dieser Hinsicht Menschliches niemals fremd gewesen sei. Sie sprachen freilich nicht vom Glücksspiel, sondern von der Lotterie. Und die alljährlich stattfindende Bürgerpark-Tombola zielt ja auf nichts anderes als auf den Spieltrieb des Menschen, auf den Spaß, das Glück zu versuchen und mit möglichst geringem Einsatz eine möglichst reiche Beute zu machen - ein zwar unkalkulierbares, im Grunde aber doch durchaus kaufmännisches Unternehmen. Denn Glück gehört nun einmal überall dazu.

Das älteste noch bestehende Glücksspiel in Bremen ist die alljährlich zu Weihnachten stattfindende Kälber-Verlosung der Stiftung Mädchen-Waisenhaus von 1596 (Kinderheim Alte Eichen) in der Horner Heerstraße.

Dazu muss man wissen, dass es früher in Bremen das im Jahr 1596 gegründete rote und das im Jahr 1684 eingerichtete blaue Waisenhaus gab. Beides waren kirchliche Unternehmungen. Ihre Namen trugen sie nach der farblich unterschiedlichen Kleidung der Kinder. Diese beiden Heime wurden unter anderem durch Lotterien finanziert, und im Jahre 1738 gibt es im Rechnungsbuch des roten Waisenhauses zum ersten Male den Hinweis auf eine Kälberverlosung.

Und diese Lotterie hat sich bis heute gehalten. Das rote Waisenhaus wurde im Jahre 1904 von der Hutfilterstraße nach Horn verlegt. Das dort bezogene Gebäude wurde im Jahre 1928 an den Staat verkauft und zur Horner Schule ausgebaut. Das Waisenhaus bezog ein Haus auf einem Nachbargrundstück. Es ist das Haus Nummer 19 in der Horner Heerstraße.

In dem Heim leben Kinder, die entweder kein Elternhaus haben oder aus gesundheitlichen Gründen betreut werden müssen.

Meistens werden drei Kälber verlost. Frau Nikolai von der Verwaltung des Heimes sagt: »Für alte Bremer ist es selbstverständlich, dass sie in jedem Jahr einige Lose kaufen. Bei den Firmen wird es schwieriger.« Und sie fügt hinzu: »Bisher haben wir unseren Kindern aus dem Erlös der Verlosung immer ein schönes Weihnachtsfest bereiten können.«

Wilhelm Lührs schreibt: »In einer Zeit, die allem Geschichtlichen meist gleichgültig oder feindlich gegenübersteht, stellt sie (die Sitte der Kälberverlosung) heute eines der wenigen Beispiele sinnvoll bewahrter Tradition in Bremen dar.«

Vom Taxi-Brunnen, der kein Taxi-Brunnen mehr ist und eigentlich Marcus-Brunnen heißt

Es gibt zwei Brunnen in Bremen, die den Namen des Bürgermeisters Victor Marcus tragen. Der eine steht im Bürgerpark, der andere auf dem Liebfrauenkirchhof. Und dieser zweite Marcus-Brunnen ist Mittelpunkt eines Brauches, der sich aber erst in unserer Zeit entwickelt hat und außerordentlich wirkungsvoll ist, wie ich von einem Bekannten weiß, der es ausprobiert hat.

Doch zunächst die Vorgeschichte: Victor Marcus lebte von 1849 bis 1911. Er soll ein sehr angenehmer, vom Vater mit rheinischer Fröhlichkeit, von der Mutter mit englischer Zurückhaltung bedachter Mann gewesen sein. Er war ein gebürtiger Kölner.

Während des Krieges 1870/71 diente er beim Küstenschutz in Cuxhaven und hatte von dort aus einmal Bremen besucht. Seitdem ließ ihn die Stadt nicht mehr los. Er bewarb sich als Syndikus bei der Handelskammer, als dort eine Position frei war, wurde aber abgewiesen, weil man sich für einen anderen Bewerber entschieden hatte.

Doch Marcus ließ nicht locker. Im Jahre 1876 hatte er sein Ziel erreicht. Er trat als Syndikus in die Dienste der Handelskammer, wurde wenige Jahre später Mitglied der Bürgerschaft und im Jahre 1887 zum Senator gewählt. Zweimal war er Bürgermeister und von 1907 bis 1909 Präsident des Senats.

Er wird als ein vielseitig gebildeter und an allem interessierter Mann geschildert. Es heißt, er habe sich bei der Korrektur der Weser, Ende des 19. Jahrhunderts, ebenso engagiert wie beim Bau des für Bremen so wichtigen Mittellandkanals. Er habe die Künste gefördert und aus eigener Schatulle Mittel für die Bildung des einfachen Bürgers zur Verfügung gestellt.

Zu seinen Stiftungen gehören die Bronzegruppe der Bremer Stadtmusikanten im Ratskeller, der Marcus-Brunnen im Bürgerpark und der gleichnamige Brunnen auf dem Liebfrauenkirchhof. Dieser Brunnen ist ein Werk des Professors Hermann Hahn, der im Jahre 1909 das Moltke-Denkmal an der Liebfrauenkirche geschaffen hat und von Marcus gleich anschließend den Auftrag bekam, den etwas leer wirkenden Platz vor dem nördlichen Turm der Kirche mit einem Brunnen zu füllen.

Dieser Marcus-Brunnen wird heute allgemein als Taxi-Brunnen bezeichnet.

Und das hängt mit dem bereits erwähnten Brauch zusammen, der sich entwickelt hat, nachdem der Platz beim Marcus-Brunnen zum Standplatz der Bremer Taxi-Fahrer wurde, was er heute nicht mehr ist.

Die Taxi-Fahrer, die oft lange Wartezeiten haben, vertrieben sich anfangs die Langeweile damit, dass sie Goldfische und Karpfen in dem Marcus-Brunnen ansiedelten und pflegten.

Gleichzeitig wurde der Brunnen von den Bremern und von Touristen entdeckt, die das Leben in ihm beobachteten und auch wohl mal ein Geldstück hineinwarfen.

Und das ist zu einem Brauch geworden, wobei die Frage im Raum bleibt, ob sich die Spender mit dem Geldstück ein bisschen Glück oder die Gewähr erkaufen wollen, gelegentlich wieder einmal nach Bremen zu kommen. Einer meiner Bekannten schwört, dass er – nach glücklichen Jahren in Bremen und kurz vor Antritt einer neuen Stellung in einer süddeutschen Stadt – ein Fünf-Mark-Stück in den Brunnen geworfen und dabei gedacht habe: Könntest du doch eines Tages nach Bremen zurückkehren. Er ist dann, Jahre später, tatsächlich zurückgekommen und hat die damalige Investition bis heute nicht bereut.

Als man beim Laternelaufen mit einem Fuß im Zuchthaus stand

»Nu wird's Herbst«, sagen die Bremer, wenn die Kinder mit ihren Laternen auf die Straßen gehen:

Ich gehe mit meiner Laterne
und meine Laterne mit mir.
Da oben leuchten die Sterne,
und unten leuchten wir.
Das Licht ist aus,
wir geh'n nach Haus.
La bimmel, la bammel, la bumm.

Und ein anderes Lied, das wir als Kinder gesungen haben, lautet:

Laterne, Laterne!
Sonne, Mond und Sterne.
Die Laterne ist so schön,
da kann man mit spazierengeh'n.
Brenne auf, mein Licht,
brenne auf, mein Licht!
Aber nur meine liebe Laterne nicht.
La puster, la puster,
im Keller ist es duster.
Da wohnt ein armer Schuster.
Er hat kein Licht, er hat kein Licht,
er kennt meine liebe Laterne nicht.
Als ich einmal reiste.

da reist' ich nach Jerusalem.
Da war ich die kleinste
auf der ganzen Welt.

Ob das Lied so stimmt, weiß ich auch nicht mehr – und man weiß ja, was man sich als Kind mitunter so zusammensingt.

Anton Kippenberg hat uns in seinen »Geschichten aus einer alten Hansestadt« folgendes Laternelied hinterlassen:

Sonne, Mond und Sterne
Erleuchten die Laterne.
Wer will diese Pracht erleben,
Muß' n Stummel Licht ausgeben
Oder einen Groten
In dic kleinen Poten
Oder einen halben
Für die kleinen Schwalben,
Laßt uns nicht zu lange steh'n,
Denn wir müssen noch weitergeh'n.

Es scheint also, dass das Laternelaufen damals einem sommerlichen Nikolauslaufen glich. Dieser Brauch allerdings hat nicht überlebt. Dafür gibt es heute aber die großen Laternen-Umzüge, bei denen sich viele, viele Kinder und ihre Eltern zusammenfinden und mit Papierlaternen durch die abendlichen Straßen ziehen, häufig begleitet von einer Musikkapelle.

Der Brauch ist nicht alt. Er ist Ende des 18. Jahrhunderts von Mecklenburg und Schleswig-Holstein her westwärts gewandert und dabei auch in Bremen hängen geblieben. Zunächst dienten ausgehöhlte Kürbisse und Gurken als Laternen, und es muss bei diesen Umzügen wohl nicht immer ganz friedlich zugegangen sein, denn der Senat wetterte Ende August 1809 gegen den Unfug, den die Knaben bei solchen Umzügen trieben. Sie ließen nämlich nicht nur die Kürbisse und Gurken leuchten, sie knallten auch mit Schießpulver und Schwärmern, was schließlich zu solchen Auswüchsen führte, dass der Senat mit Gefängnis- und Zuchthausstrafen drohte.

Mitte des 19. Jahrhunderts kam die Papierlaterne nach Bremen, und damit scheint sich der Brauch zu einem friedlichen Umzug entwickelt zu haben, bei dem allerdings zunächst nicht gesungen wurde. Die ersten Laternelieder erklangen nach 1850.

Tischerücken ohne Gespenster, was aber nichts daran ändert, dass die Betroffenen starke Nerven haben müssen

Das Tischerücken auf gut bremische Art hat überhaupt gar nichts zu tun mit jenem im Okkultismus angesiedelten Zauber, bei dem es um die Unterhaltung mit den Seelen längst Verstorbener geht, die von den Lebenden, sofern sie die Sache ernst nehmen, nur mit einem großen Aufwand an Nervenkraft überstanden werden kann.

Das Bremer Tischerücken ist, im Gegensatz dazu, eine höchst lebendige Angelegenheit, wenngleich es auch dabei – jedenfalls für die unmittelbar Betroffenen – einiger Nervenstärke bedarf. Es kann sich aber diesem Ritual niemand entziehen, der in Bremen eine neue Wohnung oder ein Haus bezieht und seinen Freunden und Bekannten – was im Allgemeinen unvermeidlich ist – Kenntnis davon gibt.

Die nämlich versammeln sich häufig schon am Tage des Umzugs und rücken kompanieweise an, beladen mit Speisen und Getränken, und sie erstürmen die neue Wohnung oder das neue Haus selbstverständlich in dem Augenblick, da die Umzügler erschöpft und verzweifelt zwischen ihren Kisten und auseinandergenommenen Schränken sitzen und nicht mehr wissen, wo sie zuerst anfangen sollen. Meistens ist ihnen dann aber schon alles egal, und es wird ein fröhlicher Abend.

Die traditionelle Variante des Tischerückens, das keine Erfindung unserer Zeit ist, sondern ganz sicherlich schon zu Beginn des 20. Jahrhunderts ein, vor allem in den sogenannten besseren Kreisen, fest eingeführter Brauch war, ist noch sehr viel nervenaufreibender für die, bei denen es stattfindet, als das heute vielfach angewandte Verfahren.

Es rührt sich nämlich zunächst gar nichts. Am Tage des Einzugs werden die Leute zufrieden gelassen, und auch in den Tagen danach geschieht nichts, was sie in irgendeiner Weise beunruhigen könnte.

Sie ahnen nicht, dass sich hinter ihrem Rücken etwas zusammenbraut, denn Freunde, Verwandte und Bekannte liegen längst auf der Lauer, um haargenau den Augenblick abzupassen, da die neue Wohnung oder das neue Haus von allen Handwerkern verlassen worden ist, jedes Bild an der Wand hängt und die Hausleute sich in dem Glauben wähnen, der Kelch des Tischerückens sei nunmehr wunderbarerweise an ihnen vorübergegangen. Dann schlagen sie zu.

Die Opfer werden in schöner Harmlosigkeit zu irgendeiner Fete eingeladen, und während sie sich auf den Weg dorthin begeben, rollt die Freundeslawine heran, beladen mit Speisen und Getränken. Irgendwo ist ein Schlüssel für das neue Domizil aufgetrieben worden, oder es befindet sich jemand im Haus – als Babysitter oder so –, der bestochen worden ist und der Gesellschaft die Tür öffnet. Und mit vereinten Kräften werden alle Tische, Stühle, Schränke, Betten und sonstige Möbelstücke verrückt, Bilder werden miteinander vertauscht, und das Wohnzimmer wird leer geräumt, um Platz für ein gewaltiges Fest zu schaffen.

Danach werden die beiden ahnungslosen Opfer aufgestöbert, und irgendeiner aus der Verschwörergemeinschaft teilt ihnen mit, sie müssten doch rasch mal nach Hause kommen. Es sei da etwas vorgefallen, das ihre Anwesenheit erforderlich mache.

Die etwas Irritierten eilen selbstverständlich auf dem schnellsten Wege nach Hause, betreten ihr merkwürdigerweise in absoluter Dunkelheit liegendes Domizil, öffnen das Wohnzimmer, machen Licht und - werden von einer johlenden Meute empfangen.

Es gehört, wie sich denken lässt, sehr viel innere Kraft dazu, einen solchen Augenblick ohne Gesichtsverlust zu überstehen. Aber es ist noch kein Fall bekannt geworden, da sich die Betroffenen als Spielverderber erwiesen hätten, zumal es zu den Gesetzen des Tischerückens gehört, die Wohnung am nächsten Tag wieder in ihren vorgefundenen Zustand zurückzuversetzen, was erfreulicherweise ein weiteres Treffen des Freundeskreises erforderlich macht.

Früher war es üblich, dass die Tischerück-Gesellschaft nach einem Jahr wieder in das von ihr »eingeweihte« Domizil zurückkehrte - diesmal offiziell eingeladen und als Gäste des Hauses zu einer fröhlichen Party.

Warum 30-jährige Junggesellen eine sinnlose Arbeit verrichten müssen und die Bremer Dom-Treppen immer sauber sind

Im Anzeigenteil der Tageszeitungen steht es in launigen Worten geschrieben, dass »unser Karl wird 30 heut', und er hat noch nicht gefreit«. Und dass er von seinen Freunden dazu verdonnert worden sei, die Domtreppen zu fegen, wie es Brauch ist seit vielen Jahren.

Auf Fremde wirkt es dann sehr eigenartig, wenn ein junger Mann, feierlich in Schwarz gekleidet, auf dem Kopf eine Melone, vor dem Dome den Besen schwingt und die Treppen fegt, während seine Freunde Drehorgel spielen und Schnapsgläser, gefüllte, versteht sich, kreisen lassen und auch wildfremde Leute einladen, sich zu bedienen.

Das Spektakel geht erst zu Ende, wenn eine Jungfrau sich nähert und den fegenden Hagestolz mit einem Kuss von seiner Strafarbeit erlöst. Denn eine Strafarbeit ist es selbstverständlich, und sie geht auf den alten Volksglauben zurück, dass Menschen, die sich nicht an der Fortpflanzung beteiligt hatten, nach ihrem Tode an einen unbequemen Ort verbannt wurden, wo sie dazu verurteilt waren, ihrer sinnlosen Lebensführung entsprechend, eine völlig überflüssige Arbeit zu verrichten.

Vor allem galt das natürlich für die Frauen, für die alten Jungfern, wie man sie damals nannte, die in Bremen nach ihrem Tode einen Platz auf dem spitzen

Turm der St. Ansgarii-Kirche zugewiesen bekamen und den »Knopf«, die Spitze des Turmes, putzen mussten. Es heißt, man habe dort oben in mondhellen Nächten drei alte Jungfern sitzen sehen.

Seit wann es das Domtreppenfegen in Bremen gibt, lässt sich nicht genau zurückverfolgen. Heinrich Hellmers hat bereits Ende des vorigen Jahrhunderts von Bremer Junggesellen berichtet, die am Tage der Vollendung ihres 30. Lebensjahres um »Klock twölf middags in Hemdsärmel den Domshof affegen mußten«.

Sie mussten also zu jener Zeit noch den ganzen Domshof fegen, die Herren Junggesellen. Doch so sehr alt wird der Brauch damals nicht gewesen sein. Adam Storck meldete im Jahre 1822: »Jetzt ist der Domshof alle Tage um Mittags wegen der Wachtparade und der schönen militärischen Musik sehr besucht. Andere Feierlichkeiten fallen hier nicht mehr vor.« Und im Wegweiser durch Bremen aus dem Jahre 1848 werden allerlei elegante Läden am Domshof genannt, so das Lesecabinet in der Börsenhalle, und es wird der gute Kaffee im Kaffeehaus Steheley's & Josty's gerühmt. Von der Strafarbeit der Junggesellen ist nicht die Rede. Der Brauch ging übrigens auch im 20. Jahrhundert zunächst wieder verloren, lebte dann aber nach 1945 auf und entwickelte sich zu schönster Blüte.

Was nun die Bremerinnen betrifft, die heute das 30. Lebensjahr vollendet haben, ohne in den heiligen Stand der Ehe getreten zu sein, so kommen auch sie nicht ungeschoren davon. Sie müssen zwar nicht mehr den »Knopp vom Scharrstorm putzen«, wie ihre Vorgängerinnen, denn die Ansgarii-Kirche gibt es nicht mehr. Sie wurde während eines Bombenangriffs im Jahre 1944 zerstört. Dafür müssen sie die Türklinken der Domportale putzen, was - ähnlich wie das Domtreppenfegen der Männer - zu einem kleinen Volksfest ausarten kann.

Ischa Freimaak! Von Poussierkarussells, dem billigen Jakob und einem schwarzen Neger, der Herr Wippke hieß

»Alwine, Alwine, ach geh' mit mir ins Gras! Karl, nein! Karl, nein! Das macht mir keinen Spaß!«

Das sangen sie im Jahre 1855 auf dem Bremer Freimarkt, und die Drehorgel dudelte dazu, um gleich in der nächsten Abteilung »Mädel, ruck, ruck, ruck an meine grüne Seite« zu spielen.

Das war die richtige Stimmung für die jungen Leute auf den »Poussier-Karussells« von Kämena, Forquignon und Dralle, die ja mit dem sogenannten Bremer Karussell Furore machten. Dralle stand auf dem Domshof gegenüber dem Hotel Stadt Frankfurt. Bei diesem Bremer Karussell wurden die aufgehängten hölzernen Pferde und die Kutschen über den Boden hinweg von vier kräftigen Männern in Gang gesetzt. Die Pferde in gestrecktem Galopp, mit richtigen Mähnen und Schweifen, trugen lederne Sättel und Zaumzeug. Noch bis zum Jahre 1949 ist Dralle auf dem Bremer Freimarkt ständiger Gast gewesen.

Aber was 1949 allenfalls kleine Kinder interessierte und ältere Herrschaften, die an selige Vorkriegs-Freimärkte dachten, das war im Jahre 1855 die große Attraktion. »Trotz heftigen Zugwindes harmlose Poussage!«, versprachen die Karussell-Besitzer, und in atemberaubender Geschwindigkeit ging es in die Runde, dass man tüddelig davon im Kopf werden konnte. Und die Mädchen kreischten.

Der Mäusekerl saß – wie üblich – in seiner Ecke und schrie unentwegt: »Einen Groten für die kleinen niedlichen weißen Mäuse!« Und die Leute guckten sich die weißen Mäuse an, und der Groten saß locker. Es ging die Fabel, der Mäusekerl habe im Laufe der Jahre kolossale Reichtümer angesammelt und lebe im Winter irgendwo in Russland wie ein Pascha in einem großen Schloss mit vielen Dienern. Und das machte ihn nun erst recht interessant.

Die jungen Herren aber gingen zu Hannchen Trautmann aus Hamburg. Ihrer Tochter wegen, einem hübschen Mädchen, das auf dem Kopf einen seidenen Fez trug. Hannchen Trautmann nämlich handelte in ihrer türkischen Parfümeriebude mit Ambra, das Gläschen für sechs Grote. Und jeder wollte sich von Hannchen Trautmanns Tochter bedienen lassen.

»Hurra, hurra, hurra! Jakob ut Amerika is wedder da!« Der »billige Jakob« handelte mit Halstüchern, Schlipsen und Krawatten, von feinster indischer Seide, wie er behauptete. Und er und seine Nachfolger, die immer alle Jakob hießen (und selbstverständlich billig waren), haben noch bis vor dem Zweiten Weltkrieg aus ihrer Popularität guten Gewinn gezogen.

Schacht-Kasper-Rummelpuff aber fragte die Kinder: »Sind jü alle da?«, und die Kinder schrien: »Ja!«, worauf der Kasper beschloss: »Na, dat ist man gaut, denn kan't ja losgahn.« Und es herrschte eine drangvolle Enge vor der Bude, und alles freute sich, bis es unvermittelt und im schönsten Spiel – auffällig leer wurde. Denn es kam einer mit dem Blechteller:

»Bitte, wenn's den Herrschaften gefällig ist ...«. Auch ein Kasper Rummelpuff musste leben.

In einer Bude war ein wilder Negerkerl zu sehen, der sich keulenschwingend und brüllend produzierte und - wie Heinrich Helmers in seinem im Jahre 1905 erschienenen Buch »Bremen - Land und Leute« erzählt - auch die Neugier des Gastwirts Tronnjes erregte.

Tronnjes betrat die fremde Welt und sah sich - ganz allein dem Ungeheuer aus dem fernen Afrika gegenüber. Der aber stellte sein Geschrei abrupt ein, ließ die Keule sinken und rief: »Mensch, Herr Tronnjes, kennen Sie mich nicht mehr?«

Es stellte sich heraus, dass der »wilde Kerl« einst »Rutsmieter« bei Tronnjes gewesen war, ein gewisser Klaus Wippke, Weißer von Geburt, der dann Schiffsdienste nach Afrika genommen hatte, wo er den Sitten der Eingeborenen nahe gekommen war. Und nachdem sich in ihm die Überzeugung gefestigt hatte, dass er den schwarzen Erdteil und seine Menschen hinreichend studiert hatte, verwandelte er sich - mit Hilfe von Schuhwichse - in einen »Negerkerl« und baute sich auf deutschen Rummelplätzen eine neue Existenz auf.

Spät am Abend, nachdem Klaus Wippke noch einige Bauern aus der Umgebung mit seinem Gehabe zutiefst erschreckt und schließlich Feierabend gemacht hatte, trafen sich Tronnjes und er in einer gemütlichen Kneipe, um das Wiedersehen zu begießen. Wippke natürlich frisch gewaschen und fein gemacht.

Am alten Bahnhofsplatz stand Kreutzbergs Menagerie. Am Herdentorsteinweg gastierte Loissets Cirkus. Und im Ratskeller spielte die Helfrische Kapelle. Und wen wunderte es, wenn die jungen Leute am nächsten Morgen vor sich hinsummten: »Ach, ich bin so müde, ach, ich bin so matt!«

Der Bremer Freimarkt ist eines der ältesten deutschen Volksfeste - und zweifellos gehört er auch zu den größten. Am 16. Oktober 1035 verlieh Kaiser Konrad II. dem bremischen Erzbischof die Jahrmarktgerechtigkeit. Es war die »Geburtsstunde« des Bremer Freimarktes, der alljährlich um den 16. Oktober herum beginnt und während der ganzen zweiten Oktoberhälfte mit viel Getöse das Leben in der alten und sonst so ruhigen Hansestadt beherrscht.

Entwickelt hat sich der Freimarkt - wie fast alle Märkte - aus einem reinen Verkaufsmarkt, der erst gegen Ende des 18. Jahrhunderts und dann vor allem während der napoleonischen Zeit zu einer großen Volksbelustigung wurde. Die ersten Karussells und Schaukeln wurden um 1810 bewundert und bestaunt und von mutigen jungen Herren ausprobiert.

Der Hauptmarkt mit den wichtigsten Attraktionen befindet sich heute auf der Bürgerweide hinter dem Hauptbahnhof. Doch Marktgeschehen findet auch auf dem Marktplatz und auf dem Liebfrauenkirchhof im Zentrum statt. Dort - unmittelbar am Roland - eröffnet der Bürgerschaftspräsident als höchster Repräsentant der Stadt inoffiziell den Freimarkt. Tausende von Bremern finden sich am Eröffnungstage auf dem Marktplatz ein, um dabei zu sein, wenn dem Roland ein Lebkuchenherz umgehängt und er mit Luftballons geschmückt wird, denn ohne Roland ist der Freimarkt undenkbar. Nachdem vom Haus der Bürgerschaft aus viele, viele bunte und mit Gutscheinen befrachtete Luftballons auf die Reise geschickt worden sind, gehen die Bremer geschlossen zur Bürgerweide, um dort – in einem großen Bierzelt – die offizielle Eröffnung des Festes zu erleben. Die entscheidenden Worte spricht stets der für den Freimarkt zuständige Innensenator. Böllerschüsse zeigen das Ende seiner Rede und die offizielle Eröffnung des Freimarktes an. Fast schlagartig beginnt die Musik in den Fahrgeschäften, beginnen die Ausrufer mit ihrer die Stimmbänder strapazierenden Arbeit –, ein großes Gedüdel und Gebrabbel hebt an, und im Festzelt werden die ersten Haxen, Bock- und Bratwürste bestellt, derweil Bier und Korn wieder und wieder nachgeschenkt werden müssen.

Wenn Freimarkt ist, dann tanzen die Bremer auf den Tischen. Sogar im Ratskeller. Überall in der Stadt, in Gastwirtschaften und bei Privatleuten, werden Freimarktfeiern veranstaltet, mit reichlich Getränken und reellen Schmalzkuchen. Und wer was auf sich hält, der testet die Standhaftigkeit seiner Magenwände, indem er bei einem Bummel über den Markt in rascher und völlig unüblicher Reihenfolge Berliner Pfannkuchen, Bratwürste, Sahneeis, Fischbrötchen, Türkischen Honig, Schaschlik, geräucherten Aal und Victoria verputzt, unterbrochen lediglich durch eine Weinprobe an irgendeinem Weinprobierstand und durch den Genuss eines halben Liter Bieres. Dass er am Ende einen Schnaps braucht, soll nur der Vollständigkeit halber angemerkt werden. Meistens braucht er mehrere.

Die Bremer aber pflegen solche und andere Entgleisungen – bei denen der Fantasie keine Grenzen gesetzt sind – mit einem unverdrossenen »Ischa Freimaak« zu kommentieren.

Und damit ist jeder Fehltritt entschuldigt und jede Dummheit erklärt.

Rolands Geburtstag und was die Franzosen damit zu tun haben

Immer am 5. November, morgens in aller Frühe, sieht man junge Mädchen über den Bremer Marktplatz gehen, Blumen in Händen haltend, die sie dem Roland zu Füßen legen.

Denn der Roland hat Geburtstag.

Nun ist das aber ein Geburtstag, der weder etwas mit der Geburt jenes Grafen Hruotlant aus dem Sagenkreis um Karl den Großen zu tun hat noch mit der Aufstellung der Roland-Säule im Jahre 1404.

Hruotlant, einer der zwölf Paladine des Frankenherrschers, stammte aus der Bretagne und soll im Jahre 778 in einem Nachhutgefecht gegen die Basken bei Roncesvalles gefallen sein. Nirgends ist davon die Rede, dass er an einem 5. November geboren sei.

Und was die Aufstellung der Rolandsäule im Jahre 1404 betrifft, so wird auch hier ein bestimmtes Datum nicht erwähnt - und selbst wenn: Rolands Geburtstag wäre es nicht. Denn die steinerne Säule vor dem Rathaus stellt nicht den ersten Bremer Roland dar. Es hat zumindest einen Vorgänger gegeben, wenn auch einen aus Holz, was ihm zum Schicksal wurde.

Denn diese hölzerne Roland-Säule wurde - so berichtet ein Chronist - in einer Nacht des Jahres 1366 von Knechten des Bremer Erzbischofs angezündet und verbrannt. Den Bremern sollte damit demonstriert werden, auf wie wackeligen Beinen ihre Versuche standen, sich von der Herrschaft der Kirche zu lösen.

Nun, wir wissen es, am Ende musste sich der Erzbischof doch den veränderten politischen Verhältnissen in der Stadt beugen. Und die selbstbewussten Bremer Bürger stellten einen steinernen Roland auf, den erst mal einer anzünden sollte.

Beinahe aber wäre es ihm doch an den Kragen gegangen. Und zwar während der Franzosenzeit zu Anfang des 19. Jahrhunderts.

Damals - unter Kaiser Napoleon - war Bremen französische Provinzhauptstadt, und es heißt, dass die Beamten des Kaisers etwas schief auf den Roland guckten, der ja in Zeiten der Unfreiheit für die Bremer immer ein Symbol der Hoffnung auf bessere Zeiten gewesen ist.

Jedenfalls sollte der steinerne Recke abgerissen werden, wobei nicht ganz deutlich wird, was man mit seinen Trümmern anfangen wollte. Den Marktplatz planieren, wie es Lüder Döscher vermutet? Die Schwachhauser Heerstraße pflastern, wie ich es unlängst behauptet habe, nachdem ich einen entsprechenden Hinweis in irgendeinem Buch gefunden hatte, dessen Titel mir unglücklicherweise entfallen ist.

Die Roland'schen Pflastersteine brachten mir dann auch prompt eine Rüge von Erika Thies vom »Weser Kurier« ein. Wir hatten uns vor der Stadtwaage in der Langenstraße getroffen, und sie sagte, mit tiefem Vorwurf in der Stimme, ich möge ihr doch mal erklären, wie man aus dem sandsteinernen Roland hätte Pflastersteine machen sollen.

Ich bin im Allgemeinen nicht schlagfertig, schon gar nicht, wenn ich einen Anlass habe, zerknirscht zu sein. Und ich bin heute noch richtig stolz auf mich, dass mir in eben diesem Augenblick einfiel, darauf hinzuweisen, dass man den Roland immerhin zu Schotter hätte verarbeiten können. Erika Thies sah das ein, konnte sich aber ein deutliches Augenzwinkern nicht verkneifen. Immerhin war sie nicht auf Streit aus.

Und der Roland steht nun immer noch an seinem Platz. Er hatte einen Beschützer in Paris gehabt – jedenfalls für den Augenblick. Doch man weiß ja, wie das ist, wenn sich Beamte etwas in den Kopf setzen. Und wer hätte etwas dagegen unternehmen können, wenn die Franzosen den Roland in einer Nacht-und-Nebel-Aktion einfach umgeworfen hätten?

So war denn seine Rettung erst gesichert, als am 5. November 1813 der General Tettenborn mit seinen russischen Kosacken und begleitet von Lützowschen Jägern die Stadt endgültig von den Franzosen befreite, nachdem er Anfang Oktober schon einmal in Bremen gewesen, von ihnen aber wieder davongejagt worden war.

Mit der Rückgabe ihrer Unabhängigkeit fühlten sich die Bremer wie neugeboren – und weil sie selbst alle schon einen Geburtstag hatten, Roland aber bisher ohne hatte auskommen müssen, wurde ihm der 5. November als inoffizieller Geburtstag zuerkannt.

Beim Nikolauslaufen sind auch die kleinen Türken fröhlich mit dabei

Das war am 6. Dezember, nachmittags, in einem Laden in der Pappelstraße. Da standen zwei Mädchen auf der Schwelle, neun Jahre alt vielleicht oder zehn, eine so blond wie die andere, die Nasen rot angemalt und ein Herzchen auf der Stirn. Und zwischen sich hatten sie einen kleinen Türkenjungen, fünf Jahre alt oder sechs, und mit einem furchterregenden Seeräuberbart geschmückt, dem das »Halli, halli, hallo, nu geit't na Bremen to« fließend über die Lippen kam. Und dass man solche Unternehmen niemals ohne einen Beutel beginnen sollte, das hatte er auch erfahren und entsprechend berücksichtigt. Er hatte sich auf spendable Geschäftsleute eingestellt.

Ein alter Brauch, oft als lästig empfunden, häufig bekämpft, gelegentlich sogar verboten, ist nicht aus der Welt zu schaffen: das Nikolauslaufen. Den Kindern bietet es eine gute Gelegenheit, sich für die nächsten Wochen bis Weihnachten mit Bonbons und Keksen und Obst einzudecken, und sie tun das in der seit altersher bekannten und von einer Generation zur anderen weitergegebenen Form. Lustig verkleidet und bunt angemalt, und ehe sie die freundlichen Gaben der Geschäftsleute kassieren, sagen sie ihren Vers auf. Manche machen's kurz und ohne jede Betonung. Sie müssen weiter. Jede Minute ist kostbar. Andere lassen sich Zeit, deklamieren mit Genuss und sind ein bisschen auch auf Beifall aus.

Das wohl längste Bettel-Liedchen habe ich in dem Buch »Bremer Kinder und ihr Spielzeug« von Werner Kloos gefunden:

Sunner Klaus abend
Geit't na haben,
Pingelt de Klocken
Danzt de Poppen
Piept de Muus
In Grodvadder sien Huus,
Ik bin so'n littjen König,
Geevt mi nich so wenig.
Laat mi nicht so lange staan,
Ick mutt noch'n beten wider gaan!
Geevt us een paar Appeln,
Dar köönt wi good na bappeln!
Geevt us een paar Beren,
Dar köönt wie good na meren.
Geevt us en paar Plummen,
Dar köönt wi good na brummen!

Und wenn es dann etwas gegeben hatte, hieß es als Dank:

Halli, halli, hallo,
nu geit't na Bremen to!

Wehe aber, es wurde gezögert, oder es war einer da, der sich auf die Nikolausläufer nicht eingerichtet hatte! Er musste sich folgenden Vers anhören:

Swatten Tweern, witten Tweern,
Gizige Lüe, de geevt nich geern!

Das Nikolauslaufen, das, wie in Bremen, überall in Nordwestdeutschland - vor allem auch in Ostfriesland - bis auf den heutigen Tag unvermindert beliebt ist bei den Kindern -, hat seinen Ursprung im Mittelalter. Nikolaus war der Schutzheilige der Schiffer, der Kinder und der unschuldig Bedrängten, der Kaufleute und der Bäcker. Und so hatten denn die Bremer allen Grund, sich mit dem Heiligen gut zu stellen, denn irgendeinem mochte er immer seine Gunst erweisen, den Schiffern, den Kaufleuten oder den Kindern.

Die Gestalt des Nikolaus knüpft an zwei historische Persönlichkeiten an: den Bischof Nikolaus von Myra (Lykien/Kleinasien), der im 4. Jahrhundert gelebt haben soll, und an den Abt Nikolaus von Sion, der am 10. Dezember 564 als Bischof von Pinara (Lykien) gestorben ist. Sein Grab in der Kirche von Adalia in Antalya wurde im frühen Mittelalter von Piraten geplündert. Seine Reliquien sind seit 1087 in Bari.

Beide Nikolaus-Gestalten verschmolzen in der Erinnerung des Volkes miteinander, nachdem der Heilige - seit dem 6. Jahrhundert - zunächst nur in Myra verehrt wurde. Die Italiener nahmen den Nikolaus-Kult im 9. Jahrhundert auf. Seit dem 10. Jahrhundert wurden dem Heiligen in Deutschland die bereits genannten Patronate übertragen. Sein Tag ist der 6. Dezember.

Schon in den Klosterschulen, wo der heilige Nikolaus als Schutzpatron der Kinder und damit auch der Schüler besonders verehrt wurde, entwickelten sich bestimmte Bräuche. Im 14. und 15. Jahrhundert wurden sogenannte Knabenbischofsfeste gefeiert, bei denen die Schüler und ihre Lehrer Umzüge veranstalteten, vorneweg ein berittener Bischof. Und in den Klosterschulen galt der 6. Dezember als Schenktermin.

Bereits im 16. Jahrhundert stellten Kinder in Deutschland ihre Schuhe vor die Haustüren, damit der Nikolaus darin in der Nacht zum 6. Dezember seine Gaben deponieren konnte. Und es dauerte nicht lange, da tauchte der Nikolaus in den Kinderzimmern höchstpersönlich auf, mit einem Sack, in dem sich Geschenke befanden, aber auch mit einer Rute, die er schon damals nur als Furcht einflößendes Requisit bei sich trug, ohne sie ernsthaft in Aktion zu setzen.

Die Verehrung des heiligen Nikolaus fand in Bremen ihren Ausdruck in der im 13. Jahrhundert erbauten Kirche Sunte Nicolawese. Sie stand in der Hutfilterstraße am heutigen Brill. Nach der Reformation wurde sie ein Waisenhaus. Und Adam Storck meldet in seinen 1822 erschienenen »Ansichten der Freien Hansestadt Bremen«: »Von der Nikolai-Kirche in der Hutfilterstraße stand nur noch das Chor, und dieses war zur freien Wohnung für bejahrte Witwen eingerichtet worden.« Witwenhaus war die Kirche seit 1602. Im Jahre 1874 wurde sie abgerissen.

Es blieb von der Nikolaus-Verehrung das Nikolauslaufen, das nun freilich nicht auf unbegrenzte Liebe der Bürger stieß. Kinder schießen ja leicht übers Ziel hinaus, und so geschah auch beim Nikolauslaufen allerlei Unsinn. Im Jahre 1767 hieß es im Bremisch-Niedersächsischen Wörterbuch: »Der verkleidete Nikolaus oder Fastnachtsnarr, der am heiligen Nikolaus-Abend die Kinder schrecket, ist als heidnische oder papistische Torheit hier seit einigen Jahren abgeschafft worden.«

Die Kinder kümmerten sich nicht um solche Verordnungen. Und immer wieder schritt der Rat der Stadt gegen den Unfug ein, kassierte auch drei bis fünf Taler Buße von denen, »so auf Claas abent auf der Gaße sich unnütz aufgeführet«. Die Kinder reagierten auf ihre Art: »Witten Twirn und swatten Twirn, gizige Lüde geevt nicht girn! Halli, halli, hallo, so geit't na Bremen to.« Und so wird's auch wohl bleiben.

Weihnachtsfest zu Urgroßmutters Zeiten – geändert hat sich eigentlich nicht viel

»Nu is schon bald wieder Weihnachten«, sagte Herr Sengstake mit einem tiefsinnigen Blick auf den Kalender, und kopfschüttelnd fügte er hinzu: »Die Zeit geht hin, da kommst gar nich so schnell mit, und ehe wir uns versehen, ist das Jahr um und wir haben 1908.«

Herr Sengstake verharrte ein wenig, und ein wehmütiges Lächeln ging über sein Gesicht. »Ich weiß noch«, sagte er und wandte sich seiner Frau Mathilde zu, »ich weiß noch, wie wir als Kinder zu Nikolaus durch die Straßen gezogen sind und gesungen haben:

Sunnerklaus, de grote Mann,
Kloppt an alle Dören an,
Gode Kinner bringt he wat,
Böse Kinnner kamt in'n Sack!
Ick bin so'n kleenen Schipperjung,
Mut sur min Geld verdeen,
Den ganzen Dag in'n Water stahn
Mit mine swacken Been.

»Na«, sagte Herr Sengstake schmunzelnd, »das hab ich ja noch fein hingekriegt. Komisch, ich meinte, ich hätte es längst vergessen.«

Seine Frau aber fragte: »Warum Schipperjung? Du warst doch gar kein Schipperjung.« »Ach, Mathilde«, antwortete darauf Herr Sengstake, »das weiß ich auch nicht so genau. Ich glaube, dass der heilige Nikolaus in früheren Jahrhunderten einer der Schutzpatrone der Schiffer gewesen ist. Und damit stand er uns Bremern ja besonders nahe.«

Mathilde Sengstake neigte ihr Gesicht wieder über die Handarbeit. Es war eine Häkeldecke mit einem etwas komplizierten Muster, die sie für ihre Schwester Sidonie gedacht hatte. Sidonie lebte mit ihrem Manne, einem Amtsgerichtsrat, im Hannöverschen.

Herr Sengstake aber tat das, was er jeden Tag um diese Zeit zu tun pflegte. Er machte es sich in seinem Lehnstuhle bequem und schlug die »Bremer Nachrichten« auf.

Er unterrichtete sich über den Kaiser-Besuch in England und über die Unruhen in Persien, wo der Schah unlängst auf den Koran habe schwören müssen, bei Vermeidung seiner Entthronung, niemals mehr Schritte gegen das Parlament unternehmen zu wollen.

Das geht, dachte Herr Sengstake – und da stand es ja auch geschrieben –, gegen die russischen Ratgeber des Schahs. Und er las, dass die Hälfte aller Fürsten Europas ohne männliche Nachkommen seien. Unter den deutschen Fürsten, so meldeten die »Bremer Nachrichten«, sei der Thron des Deutschen Kaisers jedenfalls am gesichertsten. Herr Sengstake entnahm das dem Blatt nicht ohne Genugtuung.

Bei Fränkel in der Obernstraße, so wurde ihm in einer Annonce mitgeteilt, gab es Damen- und Herrenstiefel für 7,25 Mark. Teuer genug, dachte er, und hakelte sich mit den Augen an einer Anzeige fest, die ihm fast ein wenig genierlich war: »Die Damen leben täglich durchschnittlich über zwölf Stunden im Korsett, sie sollten deshalb das Beste und Bequemste tragen.« Gustav Lehmann bot Korsetts in Weihnachtspackung an. Korsetts, dachte Herr Sengstake und warf einen verstohlenen Blick auf Mathilde. Wär ihm peinlich, wenn sie ihn bei einer solchen Lektüre erwischte.

Christbaumschmuck gab es in diesem Jahr in unendlichen Variationen. Ein Christbaum-Diorama »Weihnachtsfreude« zum Beispiel mit Bildern von der Geburt Christi, dem Lobgesang der Engel und einer großen Anzahl ernster und heiterer Momente aus dem Leben. Und als Christbaumspitze das Engelsgeläut »Posaunenchor mit der Geburt Christi«. Es sei, so wurde in der Annonce gepriesen, ein konkurrenzloses Kunstwerk.

Na schön. Den Baum würden sie wohl in diesem Jahr wieder bei der Frau Bahrenburg aus Wörpedorf kaufen. Und das Schaukelpferd für Herbert, es war kein neues, sondern schon von den beiden Söhnen des Schwagers Emil geritten worden, wurde bei Sattlermeister Thomas in der Utbremer Straße aufgearbeitet. Er hatte versprochen, es werde hinterher wie neu aussehen.

»Zarte, weiße, sammetweiche Haut durch Steckenpferd-Lilienmilch-Seife«, las Herr Sengstake. Und darunter: »Jung Deutschland wünscht sich gute solide Luftgewehre. Empfehle solche in allen Preislagen. Gersiek, Wegesende 2.«

»Nun wollen sie in Walle auch elektrisches Licht haben«, sagte Herr Sengstake, ohne freilich auf eine

Antwort zu warten. In den Amtlichen Nachrichten hatte er Folgendes gefunden: »... Damit beurteilt werden kann, ob der Stromverbrauch den großen Kosten einer solchen Ausdehnung des Kabelnetzes entsprechen würde, werden alle Bewohner der westlichen Vorstadt, sowie von Walle und Gröpelingen, die elektrischen Strom zu benutzen wünschen, gebeten, dies baldmöglichst unter ungefährer Angabe der Zahl und Größe der von ihnen einzurichtenden Lampen und Motoren an das Bureau Elektrizitätswerke Bremen, Schlachthofstraße, mitzuteilen.«

Herr Sengstake las: »150 Tote und 2850 Verwundete im Reich - das ist die Ernte des Automobilverkehrs. Eine Verlustliste, aus der hervorgeht, daß es so, wie bisher, nicht weitergehen kann.« Er las auch, dass der Kritiker der »Bremer Nachrichten« mit einer Theateraufführung des Stückes »Ostrum und Ilsebill« von Otto Ernst nicht einverstanden war. Es handelte sich, wie Herr Sengstake der Zeitung entnahm, um eine Dramatisierung des Märchens vom Fischer und seiner Frau.

Telefonieren sollte teurer werden - 5 Pfennig für das Einzelgespräch. In Ostpreußen herrschte Frost - der einzige Frost im ganzen Reich. In der Schierker Straße wurde ein Haus für 15 800 Mark angeboten.

Weihnachten 1907.

»Wer die vom strahlenden Licht überfluteten Geschäftsstraßen Bremens des abends durchwandert, ist überrascht von dem Reichtum, dem Chic der Schaufenster-Dekorationen ... «

Hugo Holtes bot einen Deutschen Holz-Zirkus für den Gabentisch an, Gebrüder Fischbein offerierten Uhren, Stöcke mit Silbergriffen, Halskettchen mit Herzen und Cavaliers-Ketten, Thekla von Gumbert hatte ein neues Buch geschrieben: »Herzblättchen - Unterhaltung für kleine Knaben und Mädchen zur Herzensbildung und Entwicklung der Begriffe«. Beinssen & Ruyter vom Dobben fragten: »Welches ist das willkommendste Weihnachtsgeschenk für Damen?« Herr Sengstake ärgerte sich, dass die Antwort auf den Kopf gestellt worden war, absichtlich natürlich, um Aufmerksamkeit zu erzwingen. Also, was denn nun? Der Apparat Fix-Fix der modernen Toilettenkunst. Herr Sengstake konnte sich darunter nichts vorstellen.

Am Goldenen Sonntag regnete es in Bremen. Es war so ein richtiger Spütterregen. Aber abends wurde es dann doch noch trocken, und die Geschäftsleute in der Innenstadt konnten aufatmen.

Heiligabend gab es bei Sengstakes Karpfen, so hielten sie 's immer. Am 1. Weihnachtstag kam die pommersche Gans auf den Tisch, und Herr Sengstake öffnete zur Feier des Tages eine Flasche Bordeaux, von der er selbst am allermeisten trank. Seine Frau Mathilde nippte nur am Glas.

Herr Sengstake war mit sich und der Welt zufrieden. Er hatte seiner Frau eine moderne Uhr geschenkt, die er beim Uhrmacher Mühlfahrt in der Bahnhofstraße erworben hatte - mit zehn Prozent Rabatt. Herbert war in Jubel ausgebrochen, als er das Schaukelpferd gesehen hatte. Und was Herrn Sengstake selbst betraf, so fand er sich - wenn auch nur mit Initialen - in einer Annonce der Kinderbewahranstalt in Walle wieder, die sich für die von ihm gespendeten zehn Mark bedankte. Natürlich war Herr Sengstake nicht der einzige Spender gewesen.

Für Silvester aber hatte sich Herr Sengstake etwas ganz Besonderes ausgedacht. Da wollte er mit seiner Mathilde ins Casino gehen, zum Silvesterball des Dramatischen Vereins Geselligkeit. Es sollte ein schöner Theaterball werden. Auf dem Theater-Programm stand »Die Heimkehr vom Silvesterball oder Die Nachfeier auf Zimmer Nr. 7«. Anschließend wollte man dann nach Kräften fröhlich sein.

»So ein Theaterball«, sagte Herr Sengstake und wies seiner Mathilde voller Stolz die bereits erworbenen Eintrittskarten, »ist doch ein ganz außergewöhnliches Erlebnis.«

Und Mathilde dachte: »Diese Erkenntnis sollte ihm getrost häufiger kommen.«

Und was ich zum Schluss noch sagen wollte …

Im Frühling, wenn das Eis geschmolzen war und die Sonne die ersten wärmenden Strahlen nach unten schickte, wurde in Bremen das Vieh aus den Ställen heraus durchs Herdentor auf die Bürgerweide getrieben. Und das war immer ein Freudentag für die Mägde und Knechte, die mit fröhlichem Gesang und allerlei Späßen den Auftakt gaben zu einem Volksfest, an dem fast jedermann in der alten Hansestadt teilnahm.

Und dann gab es noch den »Lustigen Tag in der Vahr«. Das war zu einer Zeit, da noch kein Mensch an die Gartenstadt und an die Neue Vahr dachte. Es war ein Volksfest für die Waisenkinder, das alljährlich in der Vahr gefeiert wurde. Und es gab wohl keinen Bremer, der sich der Teilnahme an diesem Fest entzogen hätte. Sie kamen alle, Hoch und Gering, und wer schon nicht mitfeierte, der stand wenigstens dabei und beobachtete das fröhliche Treiben mit wohlwollenden Augen.

In der Freimarktzeit aber fand in Bremen der Umzug der Klosterochsen statt. Dieser Umzug, über den zum letzten Male im Jahre 1896 berichtet wurde, geschah zum Besten des aus dem St.-Johannis-Kloster hervorgegangenen Krankenhauses der Grauen Mönche, wie die Franziskaner in Bremen genannt wurden. Die Ochsen, Bruut, Brögam und Huusmamsell genannt, wurden – mit Kränzen geschmückt – durch die

Stadt geführt und anschließend verlost. Karl Steinhäuser hat einen solchen Umzug der Klosterochsen im Jahre 1856 auf der beim Herdentor in den Wallanlagen stehenden Marmorvase dargestellt.

Drei Bräuche, die vergessen sind – wie so viele Bräuche in Bremen. Sie wurden vergessen, weil sie irgendwann ihren Sinn verloren hatten, vielleicht auch, weil niemand mehr da war, der sich der Tradition verpflichtet fühlte. Doch viele alte Bräuche haben die Zeiten überstanden, weil sie mit neuem Leben erfüllt wurden und weil es sowieso zu den Besonderheiten bremischer Lebensart gehört, das Althergebrachte zu pflegen.

Wie überall im Lande, so werden in Bremen Schützenfeste gefeiert, ausgerichtet von den Schützenvereinen, die sich auf dem Boden der alten Schützen- und Bürgerkompanien entwickelt haben. Auch in Bremen waren die wehrfähigen Bürger im Mittelalter zur Verteidigung der Mauern und Tore der Stadt verpflichtet. Sie wurden nach Stadtvierteln gemustert und in Rotten eingeteilt. Ratsherren stellten sich als Hauptleute an ihre Spitze. Um das Jahr 1605 wurden in Bremen 20 Bürgerkompanien aufgestellt. Jede Kompanie wurde von einem Leutnant geführt, dem ein Fähnrich, ein Wachtmeister und zwei Sergeanten zur Seite standen. Vier Ratsherren bildeten das Oberkommando dieser Streitmacht. Am 20. Januar 1814 wurde in Bremen mit Einführung der Wehrpflicht das Bürgermilitär aufgestellt.

Zu den Höhepunkten des Jahres gehören in Bremen aber auch noch die Erntefeste, die in den ländlichen Randgebieten der Stadt gefeiert werden.

Bremer Bräuche – da kann wohl, bei oberflächlicher Betrachtung, der Eindruck entstehen, dass Tradition in Bremen immer dann die Zeiten überdauert hat, wenn sie in inniger Verbindung steht mit gutem Essen und Trinken. Bei näherer Untersuchung aber erkennt man, dass die Bremer ihre alten Bräuche meistens dann pflegen, wenn es um den im bremischen Wesen tief verankerten Wunsch geht, anderen zu helfen, Gemeinsinn zu zeigen. Das hängt vielleicht mit der Geschichte der Stadt zusammen. Die Bremer waren immer allein auf sich gestellt, und wenn ein Bremer in Not war, sprangen Bremer für ihn ein.

Aus dieser Gesinnung ist die Schaffermahlzeit hervorgegangen, und diese Gesinnung zeigt sich bei der Eiswette, sie zeigt sich, wenn die Bremer alljährlich zum Jahresende für »ihren« Bürgerpark spenden, wenn sie die Arbeit der Kunsthalle und der Museen unterstützen. Es ist so, wie es ein Kaufmann, der sein Büro in der Innenstadt hat, formulierte: »Das Gemeinnützige, das geht aus dem Bremer nicht raus – selbst dann nicht, wenn er Lotterie spielt!«

Quellenverzeichnis

Adamietz, Horst: Herz einer Stadt - das Rathaus in Bremen, Verlag H. M. Hauschild, Bremen, 1970

Bremen Spezial, Pressedienst der Pressestelle des Senats der Freien Hansestadt Bremen, Jahrgang 1984

Bremische Biographien des 19. Jahrhunderts, Verlag von Gustav Winter, Bremen, 1912

Döscher, Lüder: Bremer Rathaus-Plaudereien, Carl Schünemann Verlag, Bremen, 1967

Focke, Johann: Aufsatz über Wappenfenster im Bremischen Jahrbuch von 1896

Gutmann Hermann: Bremer Geschichte(n), Edition Temmen, Bremen, 1998

Gutmann, Hermann/Ernsting, Volker: Was'n in Bremen so ißt, Johann Heinrich Döll Verlag, 1982

Gutmann, Hermann: Programmheft Niederdeutsches Theater, Bremen-Blätter, 1907

HB-Bildatlas Spezial: Das Deutsche Bier, HB-Verlag Hamburg, 1984

Heineken, Christian Abraham: Geschichte der Freien Hansestadt Bremen von der Mitte des 18. Jahrhunderts bis zur Franzosenzeit, Club zu Bremen, 1983

Helmers, Heinrich: Bremen - Land und Leute, 1905

Kloos, Werner: Gut Bremisch Essen und Trinken, Carl Schünemann Verlag, Bremen, 1966

Kloos, Werner: Bremer Kinder und ihr Spielzeug, Carl Schünemann Verlag, Bremen, 1969

Kloos, Werner: Bremer Lexikon, Verlag H. M. Hauschild, Bremen, 1980

Kohl, Johann Georg: Alte und neue Zeit, Verlag von C. Ed. Müller, 1871

Löbe, Karl: 150 Jahre Eiswette von 1829 in Bremen, Verlag Heinrich Döll & Co., Bremen, 1979

Lührs, Wilhelm: Geschichte des Glücksspiels in Bremen, 1971

Maas, Heinrich: Das Schlittschuhlaufen in Bremen in Vergangenheit und Gegenwart, Verlag H. Hauschild GmbH, Bremen, 1981

Meier, Hermann: Ostfriesland, Verlag Herm. Securius, 1868 (neu herausgegeben vom Verlag Schuster in Leer)

Meyer, Hanns: Gastliches Bremen, Verlag H. M. Hauschild, Bremen, 1959

Meyer, Hanns: Im guten Ratskeller zu Bremen, Verlag H. M. Hauschild, Bremen, 1962

Peters, Fritz: Freimarkt in Bremen, Carl Schünemann Verlag, Bremen, 1962

Spitta, Theodor: Aus meinem Leben, List, 1969

Schwarzwälder, Herbert: Geschichte der Freien Hansestadt Bremen, Edition Temmen, Bremen, 1995

Schwebel, Karl H.: Haus Seefahrt, Bremen, 1947

Storck, Adam: Ansichten der Freien Hansestadt Bremen, 1902

Tardel, Hermann: Bremen im Sprichwort, Bremische Weihnachtsblätter, 1929

Und dann möchte ich mich ganz herzlich bedanken bei Frau Breitenfeldt im Staatsarchiv, ohne deren Hilfe ich manchmal aufgeschmissen gewesen wäre. Und Heinz Stöver vom Niederdeutschen Theater, der Bremer »Accisemeister«, wusste auch einiges über Bremer Bräuche - und davon hat er mir was abgegeben.

Hermann Gutmann in der EDITION TEMMEN:

Bremer Bräuche
ISBN 978-3-86108-156-2 — 7.90 €

Bremer Freimarkt
ISBN 978-3-86108-170-8 — 8.90 €

Bremer Geschichten
ISBN 978-3-86108-158-6 — 8.90 €

Bremerhavener Erinnerungen
ISBN 978-3-86108-166-1 — 8.90 €

Bremerhavener Geschichte(n)
ISBN 3-86108-157-9 — 7.90 €

Das Große Hermann Gutmann-Buch
ISBN 978-3-86108-174-6 — 24.90 €

Der Ratskeller zu Bremen
ISBN 978-3-86108-191-3 — 5.00 €

Die Böttcherstraße
ISBN 978-3-8378-1103-2 — 5.00 €

Ehegeschichten
ISBN 978-3-86108-152-4 — 8.90 €

Ehegeschichten. Das Hörbuch, CD 60 min.
ISBN 978-3-86108-994-0 — 9.90 €

Felix, seine liebe Frau Moritz und andere Leute
ISBN 978-3-86108-167-8 — 8.90 €

Felix und die alltäglichen Dinge
ISBN 978-3-86108-150-0 — 5.00 €

Geschichten aus dem Radio
ISBN 978-3-86108-159-3 — 5.00 €

Gute Reise
ISBN 978-3-86108-998-8 — 9.90 €

Hafen-Geschichte(n)	
ISBN 978-3-86108-195-1	9.90 €
Hamburger Bräuche	
ISBN 978-3-8378-1104-9	9.90 €
Hamburger Geschichte(n)	
ISBN 978-3-86108-198-2	9.90 €
Hamburger Sagen	
ISBN 978-3-86108-349-8	9.90 €
Hamburg schmunzelt	
ISBN 978-3-86108-190-6	9.90 €
Hamburger Weihnachtsgeschichten	
ISBN 978-3-86108-072-5	9.90 €
Hannöversche Geschichten	
ISBN 978-3-8378-1110-0	9.90 €
Heini Holtenbeen, Mudder Cordes & Co.	
ISBN 978-3-8378-1106-3	9.90 €
Hochzeit machen, das ist wunderschön	
ISBN 978-3-86108-999-5	9.90 €
Kieler Geschichte(n)	
ISBN 978-3-86108-990-2	9.90 €
Kohl- und Pinkelgeschichten	
ISBN 978-3-86108-175-3	9.90 €
Krabben, Kohl und Knüppeltorte	
ISBN 978-3-8378-1100-1	9.90 €
Lauter kleine Unterschiede	
ISBN 978-3-86108-991-9	9.90 €
Lübecker Geschichte(n)	
ISBN 978-3-8378-1108-7	9.90 €
Mit vollem Munde spricht man nicht	
ISBN 978-3-86108-151-7	5.00 €

Oldenburger Geschichte(n)
ISBN 978-3-8378-1102-5 9.90 €
Ostfriesland erzählt
ISBN 978-3-8378-1105-6 9.90 €
Roland und seine Brüder
ISBN 978-3-86108-173-9 5.00 €
Sagen aus Bremerhaven und umzu
ISBN 978-3-86108-348-1 8.90 €
Sagen und Geschichten aus Bremen-Nord
ISBN 978-3-86108-164-7 8.90 €
Schmunzelgeschichten
ISBN 978-3-86108-165-4 8.90 €
Seemannsgeschichten
ISBN 978-3-86108-172-2 9.90 €
Tünnermann geht in Rente ...
ISBN 978-3-8378-1101-8 9.90 €
Verdener Geschichte(n)
ISBN 978-3-86108 196-8 8.90 €
Was sich Bremer am Herdfeuer erzählten
ISBN 978-3-86108-351-1 9.90 €
Weihnachtsgeschichten
ISBN 978-3-86108-168-5 9.90 €
Wenn Ostern und Pfingsten auf einen Tag fallen
ISBN 978-3-86108-171-5 8.90 €
Wenn wir unsere Oma nicht hätten ...
ISBN 978-3-86108-193-7 8.90 €
Wenn wir unsern Opa nicht hätten ...
ISBN 978-3-8378-1107-0 9.90 €
Worpsweder Geschichte(n)
ISBN 978-3-86108-169-2 9.90 €